Di Andrea Vitali in edizione Garzanti:
Una finestra vistalago
La signorina Tecla Manzi
Un amore di zitella
La figlia del podestà
Il procuratore
Olive comprese
Il segreto di Ortelia
La modista
Dopo lunga e penosa malattia
Almeno il cappello
Pianoforte vendesi
La mamma del sole
Il meccanico Landru
La leggenda del morto contento
Zia Antonia sapeva di menta
Galeotto fu il collier
Regalo di nozze
Un bel sogno d'amore
Di Ilde ce n'è una sola
Quattro sberle benedette
Biglietto, signorina
La ruga del cretino (con Massimo Picozzi)
Le belle Cece
La verità della suora storta
Le mele di Kafka
Viva più che mai
A cantare fu il cane
Bello, elegante e con la fede al dito
Nome d'arte Doris Brilli. I casi del maresciallo Ernesto Maccadò
Gli ultimi passi del Sindacone
Certe fortune. I casi del maresciallo Ernesto Maccadò
Sotto un cielo sempre azzurro
Un uomo in mutande. I casi del maresciallo Ernesto Maccadò
Nessuno scrive al Federale. I casi del maresciallo Ernesto Maccadò
La Zia Ciabatta
Un bello scherzo. I casi del maresciallo Ernesto Maccadò
La gita in barchetta
Il maestro Bomboletti e altre storie
Furto di luna (solo ebook)
Parola di cadavere (solo ebook)
Il rumore del Natale (solo ebook)
Seguendo la stella (solo ebook)
Addio bocce (solo ebook)
Il sapore del Natale (solo ebook)

NARRATORI MODERNI

ANDREA VITALI

COSA È MAI UNA FIRMETTA

Prima edizione: ottobre 2022
Prima ristampa: novembre 2022
Seconda ristampa: dicembre 2022

Per essere informato sulle novità del Gruppo editoriale Mauri Spagnol visita:
www.illibraio.it

ISBN 978-88-11-00308-3

© 2022, Garzanti S.r.l., Milano
Gruppo editoriale Mauri Spagnol

Printed in Italy

www.garzanti.it

COSA È MAI UNA FIRMETTA

I personaggi e le situazioni raccontati in questo romanzo sono frutto di fantasia. I luoghi, invece, sono reali.

PRIMA PARTE

1.

Mercoledì 8 febbraio 1956, San Giovanni di Dio. L'alba sorge alle ore sette e sedici minuti, il tempo è sereno, i treni in orario. Verso metà mattina, quando mancano pochi minuti alle dieci, la vita di Augusto Prinivelli subisce una svolta.

Il p.i., perito industriale con specialità in disegno meccanico, Augusto Prinivelli abita a Bellano dall'età di nove anni. È nato a Milano nel febbraio 1931 e subito rimasto orfano di madre, morta nel darlo alla luce. Col padre ferroviere ha vissuto fino a quando pure lui, morendo di un colpo secco nel 1940 mentre era in servizio e a guerra da poco dichiarata, lo ha lasciato solo. Sarebbe finito in un orfanotrofio se Tripolina Carezza in Giulini, sorella maggiore della sua povera madre, in pieno accordo col marito Ercole, titolare di una piccola impresa edile, non avesse deciso di occuparsene, portandoselo a Bellano. I due abitavano in un caseggiato di proprietà, quattro piani, sito all'imbocco della strada che conduce in Valsassina. Privi di figli, hanno allevato l'Augusto con ogni cura, e nei limiti delle loro possibilità viziandolo un po'. Nel 1943 pure l'Ercole, all'età di sessantotto anni, se n'è andato. La Tripolina allora ha alienato la ditta, già in sofferenza a causa del conflitto mondiale, e da quel momento si è sostentata con i proventi del caseggiato che, al piano terra, ospita oggi il bar Sport, bar Pioverna fino alla primavera del 1952, e cinque famiglie nei rispettivi appartamenti dei piani sovrastanti.

Fatti i conti, allo stato attuale la Tripolina ha ottant'anni, l'Augusto venticinque e ha da poco realizzato una parte dei sogni covati sul futuro. Su tutti quello di mollare l'angusto ambiente del paese dentro il quale non si è mai sentito a proprio agio, estraneo, la condizione di orfano come un'ombra che non l'ha mai mollato: la sua domanda di assunzione presso la Bazzi Vinicio-minuterie metalliche di Lecco è stata infatti accettata qualche mese fa. Mai più gli toccherà insegnare computisteria, come ha fatto per qualche anno, nella scuola di avviamento professionale di Bellano. Ha cominciato a respirare l'aria della città, che non sarà Milano ma è sempre meglio di niente.

2.

Un paio di settimane e Lecco s'era bell'e fagocitato il Prinivelli. Al punto che aveva preso l'abitudine di tornarci anche il sabato e la domenica, per andare al cinema, alla partita o anche solo per girare a scrutare vetrine di negozi chiusi e sognando di non aver bisogno di treni per andare e tornare. Il paese una palude lontana venticinque chilometri dentro la quale affondava fino a mezza gamba ogni volta che poggiava i piedi sul marciapiede della stazione. Noia sociale e tristezza domestica. Svendeva entrambe le afflizioni alla zietta come stanchezza accumulata sul lavoro.

Ma anche se era domenica e non aveva lavorato?, obiettava la Tripolina.

Per tutta risposta l'Augusto le soffiava in viso un sospiro di pena. Cosa ne sapeva lei, povera donna, che non era mai andata oltre i confini di quelle mura impregnate di minestre troppo riscaldate. Quanti giorni le ci volevano, pensava, per accumulare, coi suoi passettini misurati, a volte incerti, giusto quelli che faceva per andare all'alimentari di fronte a fare un po' di spesa, i venticinque chilometri che separavano il paese dalla città?

Non era forse ora di trovarsi una brava ragazza del paese e sistemarsi?, buttava lì ogni tanto la Tripolina, soprattutto la sera dopo cena.

E già, evitava di obiettare l'Augusto, perché fuori dal paese non c'era niente!

Per fare la fine del topo?, bofonchiava però. Tale e

quale a uno di quelli che ogni tanto si vedevano correre nel cortile interno?

La zietta capiva l'allusione? Probabilmente no, perché: Topi in cortile?, chiedeva.

L'Augusto lasciava perdere ma la zietta invece no. Perché l'Augusto doveva mettersi in testa che lei non ci sarebbe stata per sempre e un uomo non poteva vivere da solo, aveva bisogno di una donna che gli tenesse la casa, soprattutto uno come lui che aveva un lavoro lontano e un caseggiato che avrebbe dovuto amministrare.

Se lo ricordava, vero?

Glielo aveva detto anche la sera prima di quell'8 febbraio 1956, se lo ricordava, vero, quello che doveva fare, perché le sue gambette non ce la facevano più?

L'Augusto era poi andato a dormire con il pensiero che di solito lo avviava al sonno: quando la sua zietta non ci fosse più stata, la prima cosa che avrebbe fatto, subito dopo il funerale, sarebbe stata disfarsi di quel caseggiato con tutti quelli che c'erano dentro, cancellando così la memoria del paese, taglio netto, mai più. E mai più avrebbe fatto quello che la Tripolina, sorridendo come una ragnatela, chiamava il giro dell'economia, disarmante espressione, desueta come il borsellino degli spiccioli, triste come le zucchine lessate, per indicare la penosa incombenza che da tempo aveva passato a lui: girare di porta in porta ogni fine del mese a ritirare l'affitto.

Una via crucis, un'agonia, un martirio.

Giorno destinato: ultimo sabato di ogni mese.

L'ora: dalle dieci alle undici.

Cominciava dall'ultimo piano.

Famiglia Benassi Gastone, sarto con laboratorio in casa, dita bianche di gesso, baffi gialli di fumo. Moglie Schiavo Clementina in Benassi, pia donna, casa e chiesa, un figlio prete, gran produttore di forfora, che somigliava tutto a lei, spaccato, manco l'avesse fatto da sola. La Clementina abitava già lì quando lui era arrivato, aveva pianto la sua sorte di orfano, gli raccomandava sempre di pregare per le anime del papà e della mamma che da lassù lo guardavano, sentivano e guidavano. Ogni mese era sempre la stessa storia. Si ricordava il Gustìn della volta che la Tripolina s'era beccata una specie di tifo e allora per prudenza era stato tre giorni e tre notti di fila in casa sua?

Purtroppo sì, l'Augusto ricordava, non poteva dimenticare la peluria del labbro superiore della Clementina che lo svegliava la mattina, né l'alito di latte cagliato e nemmeno quel figlio unico che già era intento a giocare alla messa. Gli era anche toccato di fare la parte del chierichetto. Al momento della comunione compariva anche il sarto Gastone, sigaretta in bocca, prendeva l'ostia di cartone dalle mani del futuro forforone e poi tornava a chiudersi nel locale sartoria.

Accanto ai Benassi, Sigismondo Corti, ex messo comunale che occupava l'appartamento con una figlia sposata ma del cui marito si erano perse le tracce da anni. Voci lo volevano fuggito in Francia con la scusa di un lavoro e mai più tornato, altre che colà fosse finito in galera, altre ancora che sempre là si fosse risposato o addirittura che fosse morto. Il Corti aveva avuto il suo momento di gloria, e non perdeva occasione per raccontarlo, quando, ancora in attività, all'allora sindaco Limbiati e davanti all'intero corpo impiegatizio aveva dato al primo cittadino una memorabile risposta quando quello, per brevità e una punta di disprezzo, l'aveva chiamato Mondo.

«Se i miei avessero voluto chiamarmi così l'avrebbero fatto il giorno del battesimo. Invece hanno preferito Sigismondo ed è così che pretendo essere chiamato.»

Però, anche lui: Ciao Gustìn, dopo avergli dato la busta con i soldi.

Com'è come non è, ogni volta che l'Augusto passava a ritirare l'affitto sentiva lo sciacquone di casa, la figlia era sempre al cesso, visto che in casa non c'era nessun altro.

Presa la busta, scappava al volo prima di sentire qualche odore.

Al piano di sotto c'era la busta che sapeva di fritto, quella dei Middia. Middia Salvatore, manovale delle ferrovie. Moglie Cecilia Qualcosa in Middia, casalinga. Middia Gesualdo, figlio. Erano arrivati a Bellano da un mondo in bianco e nero verso la fine degli anni Quaranta, comparsi all'improvviso come in un gioco di prestigio, e piano piano avevano cominciato a colorarsi. Però tra di loro gridavano come matti, sembrava che litigassero anche quando parlavano di cose normali. Friggevano in continuazione, impestavano l'aria delle scale. Facevano la salsa di pomodoro in casa, tre giorni a pelare, bollire, invasare. L'anno precedente la Middia aveva intasato l'impianto di scarico con le pelli dei pomodori, ma poi davanti all'idraulico aveva negato. Stendevano dappertutto tirando fili. Ogni tanto andavano a trovarli certi che sembravano parlare arabo. Il Middia gli dava la busta fritta senza parlare, senza fargli oltrepassare la soglia di casa.

Africa!, pensava il Prinivelli. Intascava l'affitto e poi andava all'appartamento di fianco, quello che gli stava più sui coglioni perché lo abitava Osvaldo Cremia.

Compagno di scuola, oratorio, comunione, cresima, visita di naja, il Prinivelli scartato con sua grande gioia, motivo, insufficienza toracica. L'Osvaldo lo salutava col ciao come tutti. Ma aveva un'intonazione diversa, confidenziale, per spiegarsi. Come se loro due fossero uguali. Uguali una bella merda, pensava l'Augusto. Lui era un p.i., perito industriale con specializzazione in disegno meccanico, con ambizioni di carriera, mentre il Cremia era un operaio del cotonificio sposato con Balbina Torsolotti, anche lei operaia del cotonificio, turni diversi per badare al figlioletto, il deficiente Gabriele che disegnava gli indiani sui muri di casa. L'Osvaldo era nel consiglio di fabbrica, carica che gli dava autorità. Apriva la porta di casa, salutava, Ciao Gusto, poi con aria grave lo invitava, Vieni, vieni, entra, manco fossero al ministero del Lavoro.

Il Prinivelli certo che entrava. Ma porco il mondo quella era o non era in pratica casa sua?

Entrava e prima di ritirare la busta doveva sedersi e sentire le lamentele dell'Osvaldo su come andavano le cose nel condominio. Ne aveva una per ciascuno: la puzza dei Middia, il Corti che non salutava, la Clementina che teneva la radio troppo alta, quelli che stavano fuori a cacciar balle dopo che il bar aveva chiuso, l'umidità che qua e là macchiava i muri. Quando finalmente tirava fuori la busta, l'Augusto prometteva che ci avrebbe pensato. Mentalmente però lo mandava a dar via il culo, lui, la moglie operaia e pure quel cretino del figlio coi suoi indiani.

Il giro dell'economia finiva al primo piano, nell'appartamento di Lisetta Perbuoni, sua dirimpettaia, coetanea della Tripolina. Era un atto di carità. Perché non si capiva come facesse a campare la Lisetta con un'elemosina di pensione, da dove diavolo tirasse fuori i soldi. Millantava un parente emigrato in Argentina che un mese sì e tre no le spediva un vaglia. Di fatto quando l'Augusto (Gustino per la Lisetta, perché non si capacitava che fosse diventato così grande dopo averlo visto così piccolo) entrava in casa della Perbuoni, era tutto un concerto di cassetti che si aprivano e chiudevano, dai quali uscivano spiccioli, qualche cinquecento di metallo e carte da mille spiegazzate che servivano a pagare l'affitto. Più di una volta, fatti i conti, l'Augusto aveva detto: Grazie, ci vediamo il mese prossimo, e poi ci aveva messo del suo per arrivare alla cifra giusta.

Il giro finiva lì. Perché quelli che gestivano il bar Sport al piano terra, i coniugi Sbreccia, con tanto di tabaccheria annessa, abitavano fuori paese. Alla scadenza facevano recapitare la busta alla Tripolina. Non avevano tempo da perdere coi convenevoli, aprivano alle cinque del mattino, chiudevano anche dopo mezzanotte, fumavano come turchi. Il giro quindi finiva con la Lisetta e quando l'Augusto alla sera, a letto, ripensava a quel tormento, lo rivedeva dal principio alla fine e solo dopo coccolava il sonno col pensiero che, una volta morta la Tripolina, si sarebbe disfatto di tutto e di tutti. Così aveva fatto la sera della vigilia di quell'8 febbraio 1956, giorno in cui pochi minuti prima delle dieci del mattino viene incenerito da uno dei più classici colpi di fulmine.

3.

Ore nove e cinquantatré, la madonna compare sulla soglia del suo ufficio.

Il Prinivelli è a testa china su una spianata di carta da lucidi dove ha disegnato i progetti di una serie di rivetti, pomoli e viti a registro che sarebbero entrati in produzione di lì a poco.

La madonna di nome fa Bazzi Birce, figlia del padrone Bazzi Vinicio, aiutante a tempo perso del genitore e dallo stesso inviata lì per chiedere conto dei disegni.

Lui l'aveva già intravista, ma solo un paio di volte poiché la Birce passa in ditta una mezza giornata ogni tanto, tanto per.

Lei, lui, mai visto. Tant'è che quando l'Augusto solleva lo sguardo dalle viti a registro, la Birce si blocca e pare al Prinivelli che abbia stortato il naso. Ne deduce che abbia usmato il suo odore di pendolare e avverte la vita di paese gravargli tutta quanta sulle spalle. Ma la Birce il naso l'ha storto per natura, un becco con due bei fori deviato a sinistra, che subito tenta di occultare mettendosi una mano sul viso e fingendo di massaggiarsi gli occhi mentre si chiede da dove è spuntato, chi è mai quel bel giovanotto che la sta guardando come fosse un'apparizione, ma con due occhi che sembrano quelli di un cagnolino che è appena stato sgridato ed è pronto a ubbidire a qualsivoglia comando.

Augusto Prinivelli è muto, sta pensando che, potendo, la sposerebbe subito la madonna lì davanti a lui, il giorno stesso.

La Birce invece sta pensando che forse il cagnolino è un po' timido. Però è bello. Ma chi è, da dove viene, cosa fa. Deve indagare, non c'è tempo da perdere, glielo dice una sorta di prurito. E lei di tempo non ne perde.

La sera Bazzi Birce, sotto lo sguardo sorpreso della madre Voluina, chiede a Bazzi Vinicio, padre e padrone della ditta, di impiegarla stabilmente, gli farà da segretaria a gratis, dividendo i compiti con quella che già c'è, che si chiama Avalena Mingazzi, detta Sgangherata per quanto è storta di scheletro, va' le gambe che c'ha, che ci può passare in mezzo un treno! Giura che non darà fastidio a nessuno ma almeno impiegherà un po' il tempo libero di cui non sa che farsene.

Mentre la Voluina sorride, il Bazzi Vinicio ride, dice che sua figlia è mezza matta, però sì, va bene, se è quello che vuole, nessuno avrà niente da dire, chi è che comanda in ditta?

Il Prinivelli invece salta la cena, dice alla zietta che non ha fame. C'è un pensiero che lo tormenta, un sospetto che deve confermare, o smentire. Confermato, il giorno seguente: lei ha la fede al dito. Gli brilla sotto gli occhi quando la mattina, mancano pochi minuti alle dieci, l'ora dell'amore, Bazzi Birce passa dal suo ufficio come per caso e saluta agitando la manina.

Lui, serio serio, con quel riflesso negli occhi, Buongiorno signora.

Lei, colpita dalla sua compostezza, torna nell'ufficio del genitore mogia mogia, tormentata: un cagnolino così carino come fa a non essere ancora sposato o perlomeno a non avere la morosa? Certo che ce l'avrà, e allora è inutile stare lì a fare la mezza segretaria.

4.

Stasera tocca a Birce saltare la cena.
Stanca del lavoro?, chiede il Bazzi Vinicio, ridendo con l'insalata in mezzo ai denti. Ma non aspetta risposta, c'è il telegiornale, la poltrona, 'sti sindacati... e alle otto e mezza è lì bello che sonnecchia, gli occhi chiusi a metà.
Così le due donne di casa si possono confidare.
Cosa c'è?, chiede Voluina, detta Sapienza Domestica.
La Birce non tenta nemmeno di mentire.
C'è che forse mi sono innamorata, la sostanza della risposta.
Al che la Sapienza Domestica spiega secondo logica stretta: se lui è sposato c'è niente da fare, meglio mettere via l'idea. Se invece c'ha la morosa c'è ancora qualche speranza, perché quella delle morose è merce che può andare a male, e si può cambiare. Quante ne ha piantate in asso il padre e marito Bazzi Vinicio prima di prendere lei, la migliore.
Quante?, chiede la Birce.
La Sapienza Domestica glissa, fissa lo sguardo sulle dita della figlia e le dice, Sei scema!
Bazzi Birce chiede, Perché?
La risposta è: Da quando vai in giro con le dita piene di anelli da sembrare una che il marito le fa regali a ogni anniversario di matrimonio visto che sull'anulare c'hai la fede?
Ma è quella del nonno morto dieci anni fa, replica Bazzi Birce. Un ricordo.

E pace all'anima del nonno morto, ma lui come fa a saperlo?, replica la Sapienza Domestica.

Bazzi Birce capisce al volo, mormora, Che cretina!

La Sapienza Domestica approva.

La mattina dopo la fede e gli altri anelli restano sul comodino della camera da letto di Bazzi Birce. La sua mano nuda evoluisce nell'ufficio di Augusto Prinivelli per due, tre, quattro giorni o giù di lì, rondinella pellegrina che vorrebbe farsi un nido.

Lui la nota?

Sì, no, boh!, riflette Bazzi Birce.

La nota, invece. Ma propende a pensare che magari le si sono gonfiate le dita e non è riuscita a infilarseli. Però è un fatto che continua a passare e salutare.

Tocca ragionare, pensa il Prinivelli. Forse dovrebbe fare una mezza mossa. E se poi però sbaglia, la fa fuori dal vaso e magari perde anche il posto di lavoro?

Gli manca il coraggio.

Lei invece ce l'ha.

Per San Valentino, recita il calendario, primavera sta vicino, il cielo sopra Bellano è di un azzurro slavato, quello sopra Lecco comincia a ingrigirsi. L'umidità è pari e patta.

5.

La mattina del 14 febbraio 1956, quinto giorno in giro senza anelli alle dita, Bazzi Birce si nasconde in un bar poco lontano dall'ingresso della ditta, il bar Mosca. Nomen omen in un certo senso perché la vetrata dietro la quale la spiona s'è messa è tempestata da cacche di mosca e magari anche di altri insetti. L'odore che c'è nell'aria è un connubio tra la canfora e la naftalina, il sapore del caffè che ha ordinato ha un retrogusto di asfalto fresco. Per andare al cesso bisogna chiedere la chiave, informa un cartello. Un altro recita «Telefonate brevi». Quando vede spuntare l'Augusto, bello anche da lontano ma con l'inconfondibile aura del pendolare, esce e, come fosse per caso, gli va incontro fingendo di vederlo all'ultimo momento.

Buongiorno, fa lei.
Buongiorno, risponde lui.
Bazzi Birce si ferma. Si ferma anche l'Augusto. Gli tocca dire qualcosa. Dice quello che si dice quando non si sa cosa dire.
Bella giornata eh?
Si sta rannuvolando, nuvole alte che non porteranno pioggia ma solo un grigiore che destinerà quel giorno a perdersi nella memoria del tempo.
Bazzi Birce risponde portandosi dapprima la mano senza anelli sul cuore. Cioè sulla tetta, discreta, sotto la quale c'è il cuore. Poi sta al gioco.

E pensare che dobbiamo stare tutto il giorno in ufficio...

Ue', l'Augusto non è mica scemo. Lo vede anche lui che la giornata è tutt'altro che bella, se non fa schifo ci manca poco. Ma se Bazzi Birce ha risposto così, mano sulla tetta e sospiro finale, può voler dire che sta al gioco, che vuole giocare. Allora butta là l'offerta di un caffè al bar Mosca.

Bazzi Birce accetta ma il caffè lo lascia bere solo a lui. Tra gli odori s'è inserito anche quello di sudore.

All'uscita dal bar si chiamano già per nome. L'indomani sul lavoro combinano ben poco, passano il tempo pensandosi, sorridendo al pensiero di aver rotto il ghiaccio. In mensa si siedono uno di fronte all'altra.

Poi arriva venerdì 17.

6.

Se le fosse venuta in mente prima quella mossa, pensa, l'avrebbe messa in atto subito. Ma meno male. Meno male, pensa Bazzi Birce, che l'idea la fulmina solo verso la fine di quel venerdì 17. Perché dopo il venerdì viene il sabato, sabato 18.

Il servizio meteorologico dice che correnti atlantiche richiameranno umidità. All'uscita dalla ditta si affianca all'Augusto, diretto in stazione. Tanto hanno un tratto di strada in comune, dice. Bugia.

Il Prinivelli non si chiede come mai fino ad allora non l'hanno mai percorso assieme. Inspira a pieni polmoni, fa scorta di aria di città. Rincorre qualcosa da dire, spera in una risposta che sia antidoto per il fine settimana che lo attende. Non immagina che Bazzi Birce ha bella e pronta la cavalleria.

Quando passano davanti a dei manifesti affissi su un muro poco prima della stazione, Bazzi Birce si ferma e manda un'esclamazione.

L'Augusto guarda in terra, caso mai lui o lei abbiano pestato una merda.

Mi piacerebbe proprio vederlo!, ha appena finito di dire Bazzi Birce guardandone uno.

Reclamizza *La strada*, regia di Federico Fellini, in proiezione presso il cinema Mignon venerdì, sabato e domenica, pomeriggio e sera.

Anche a me, assicura il Prinivelli che ha giusto preso nota del titolo.

Lo vedono il sabato pomeriggio senza trarne alcun divertimento, anzi. A metà del primo tempo l'Augusto si lascia andare a un mezzo sonno, la Birce va a fare pipì almeno tre volte.

Il film è di una depressione tombale, ma una scusa valeva l'altra. Sui titoli di coda, quando qualcuno applaude chissà perché, scattano in piedi, prima lei poi lui.

La Birce ha in testa preciso preciso il consiglio della Sapienza Domestica, in sintesi marcare stretto il cagnolino se le piace così tanto: lo accompagna in stazione e lì, al binario, mette su un'espressione civettuola, il naso mostra la sua ragione di essere perché fa tristezza.

Vuole dire che le dispiace vederlo andar via?, considera il Prinivelli.

O la va o la spacca, c'è già il rumore del treno in arrivo. L'annuncio è stracco perché il treno è locale, la malinconia del marciapiede è più intensa del solito forse perché mancano i pendolari che lo riempiono durante la settimana.

Non possono vedersi anche il giorno dopo?, osa il perito.

Se non hai niente di meglio da fare…, risponde Bazzi Birce.

Il Prinivelli non dice niente, la guarda, vede una gattina.

Peccato quell'odore di stazione.

7.

Domenica 19 per il Lecco sarebbe stato meglio giocare in casa.
Cielo coperto, temperatura mite, tasso di umidità contenuto, terreno di gioco in perfette condizioni. L'ideale. Invece gli è toccata la trasferta a Treviso, dove l'incontro è stato rinviato per neve.
I due trascorrono i novanta minuti ipotetici della partita più intervallo girando per una città quasi deserta. Al momento in cui dovrebbe risuonare il triplice fischio finale dell'arbitro stanno già percorrendo il lungolago per la sesta volta. Dall'acqua sale un odore fangoso, di tanto in tanto un sopravvento di fognina.
Il Prinivelli si meraviglia per il fatto che il riassunto della sua vita sia durato giusto giusto il tempo di una partita. Ogni tanto ha guardato se l'ombra dell'orfano l'ha seguito anche lì. Nel mentre i calciatori dovrebbero raggiungere gli spogliatoi Bazzi Birce gli fa una proposta.
Sediamoci un po'.
Quello che ha sentito le basta, il cagnolino è anche un passerotto disorientato.
È stanca?
No.
Però deve confessargli una cosa.
Ho qualche anno più di te, dice guardando il cielo d'incerto colore.
Quattro per la precisione.
Momento clou, non sfugge all'Augusto. Il tono della

donna suona come se gli avesse parlato di una malattia. Tocca a lui guarirla.

Non mi importa, dice.

Il campanile della chiesa della Vittoria sta battendo le ore. Deve fare di più però, Bazzi Birce sta ancora guardando l'incerto cielo.

Mi piaci così come sei, aggiunge.

Magra, con quel carattere spigliato, con...

Basta così.

Basta così perché di scatto Bazzi Birce lascia perdere l'incerto colore del cielo e lo bacia.

Basta così quindi, e meno male, perché dopo l'accenno al carattere spigliato l'Augusto stava per dire che, al di là degli anni in più, di lei non gli dava fastidio nemmeno quel naso un po' storto.

Dopo il bacio restano in silenzio, poi l'aria rinfresca e il cielo si imbroncia.

Il 19 febbraio 1956 il sole tramonta alle ore diciassette e quarantacinque, pioviggina, poca roba.

Augusto Prinivelli sale sul locale delle diciotto per fare ritorno a Bellano. Resta al finestrino fino a quando il treno, fatta una curva, lo priva dell'immagine di lei sul marciapiede.

Bazzi Birce la sera riferisce per filo e per segno alla Sapienza Domestica ottenendone l'approvazione, il Prinivelli non dice niente alla zietta ma continua a rigirarsi nel letto.

8.

Bazzi Vinicio viene a sapere del giovanotto un paio di giorni più tardi. Glielo dice la Sapienza Domestica quando sono già a letto. D'acchito sbotta in una specie di risata, dice che era ora, ancora un po' e la figlia faceva su le ragnatele.

La Sapienza Domestica lo rimprovera, Parla pulito, gli dice, e poi gli chiede se non vuole sapere chi è.

Sì che lo vuole sapere, fa il Bazzi, ma tanto è lo stesso perché come fa a conoscerlo? Invece lo conosce, e quando la Sapienza Domestica gli dice nome e cognome, p.i., perito industriale con specialità in disegno meccanico, Augusto Prinivelli, ultimo assunto dalla Bazzi Vinicio-minuterie metalliche, lui sbotta una seconda volta, Ostia!, e la moglie gli chiede cosa c'è. Lui risponde Niente, ma lo sa lui cosa c'è, c'è che non bisogna perdere tempo in quelle faccende lì.

La mattina seguente il Bazzi Vinicio va giù piatto e dice alla Birce che la mamma gli ha raccontato la bella novità.

La Birce diventa rossa mentre lui continua a parlare dicendo che è contento ma che lo vuole conoscere bene, una sera, a cena, lì a casa.

Così lo pesa, lo inquadra, che non sia un fregnone di quelli che pensano di sposare la figlia del padrone e poi attaccare su il cappello. Ma 'ste ultime cose le tiene per sé.

Anche l'Augusto si decide e informa la Tripolina. Lo fa la sera di giovedì 23 febbraio, ci sono un po' di spifferi lì in cucina, la Tripolina ha su uno scialle fatto con pezze di recupero. Non le dice di tenere per sé la notizia. La Tripolina gli chiede chi è, l'Augusto risponde che non può conoscerla. Lei no di certo, ribatte la Tripolina, ma magari i genitori, i nonni, qualche parente. No, no, la interrompe l'Augusto, non può conoscerla perché non è del paese. È una che ha conosciuto sul lavoro, è di Lecco, si chiama Bazzi Birce e, Sì, certamente, una volta o l'altra gliela presenta. Ma non alla sera perché la Tripolina va a letto presto, meglio una mattina.

La Tripolina approva, l'Augusto promette. Vanno a letto sereni tutti e due. Passa il venerdì, e sabato mattina, quando all'Augusto tocca fare il giro dell'economia, tutto il caseggiato lo sa.

9.

Chissà com'è contenta la sua mamma che lo guarda dal cielo, commenta la Clementina. Il figlio forforone che sta in una parrocchia della bassa gli manda i suoi auguri, che bello se potesse celebrare lui il matrimonio!

L'ex messo comunale chiede dove andranno ad abitare mentre nell'aria si leva lo scroscio dello sciacquone, l'Augusto risponde che è ancora un po' presto per parlare di certe cose, vedranno, poi scappa al volo per la solita paura di sentire qualche odore.

Il Middia non può non saperlo o forse non lo sa davvero, in ogni caso finge di niente, tace, omertoso.

L'Osvaldo, Ciao Gusto, lo fa entrare in casa come al solito, Bisogna brindare dice, era ora che ti decidessi, poi ride, Hai finito di fare il donda, poi diventa serio, Vedrai come cambia la vita, poi lo fissa, Preparati perché quando arrivano i figli...

La Lisetta se n'è già dimenticata anche se è stata la prima a sapere.

Quelli del bar Sport come al solito hanno già provveduto.

10.

Il sabato pomeriggio l'Augusto non va a Lecco perché Bazzi Birce ha tutta una serie di cose da fare, parrucchiera, callista, manicure, qualche pelo di troppo qua e là soprattutto nei buchi del naso. Ci va però domenica e la Birce gli dice che i suoi gradirebbero conoscerlo e lo invitano a cena per la sera seguente, lunedì, San Baldomero, tra gli altri, che è poi il secondo nome del Bazzi, ma guai a chiamarlo così perché non gli è mai piaciuto, gli sembra che sia il nome che va bene per un lazzarone. Il Prinivelli chiede consiglio su cosa portare, la Birce gli dice, Ma niente, non preoccuparti. Tuttavia l'Augusto si preoccupa, ci pensa, decide.

11.

Lunedì 27 febbraio sera l'Augusto si presenta con un mazzo di fiori, calle, su consiglio di una fiorista, per la padrona di casa e una scatola di cioccolatini per il padrone, idea sua, magari era meglio una bottiglia di vino ma ormai è davanti alla porta di casa Bazzi. È anche sudato, un po' l'emozione ma soprattutto perché se l'è fatta a piedi dalla Bazzi Vinicio-minuterie metalliche fino a lì, zona stadio, due chilometri e mezzo, qualche ringhio di cane dietro i cancelli, la zona è residenziale. C'è la luna che è un fanale. Ad accoglierlo pensa Bazzi Vinicio.

Ecco qua il nostro giovanotto!, sbotta il Bazzi. Muove la testa come a dire, Bene, bene.

Poi lo fa accomodare in un salotto splendente di luci e di cera, invitandolo a sedere su una poltrona con tanto di fiori e cioccolatini ancora in mano. Ci vuole un bel minuto prima che Bazzi Vinicio si avveda di quanto l'Augusto sia impedito con quei due affari sulle ginocchia.

Dammi qua, va'!, lo soccorre.

Il tu, subito.

Prende fiori e cioccolatini e li fa sparire da qualche parte.

L'Augusto nel frattempo esplora l'ambiente. Quadri e tappeti. Una vetrinetta piena di bicchieri. Una pendola. Un tavolinetto con un vaso pieno di caramelle. Un caldo che via via si sta facendo insopportabile. Della Birce non c'è traccia. Quando Bazzi Vinicio fa ritorno, l'Augusto ha la fronte imperlata di sudore.

Allora, giovanotto, dice il Bazzi lasciandosi cadere nella poltrona di fronte. Visto che la figlia gli ha servito la pappa già pronta gli sembra inutile stare lì a farla troppo lunga. Lui non balla i minuetti, è uno pratico e ragiona così, altrimenti non sarebbe arrivato dov'è, con la sua bella ditta che serve mezza Lombardia, forse di più.

Hanno intenzioni serie, tipo fidanzarsi, sposarsi, quelle cose lì?

L'Augusto fa per dire qualcosa ma non riesce.

Bene, prosegue il Bazzi, tanto quella è una trappola dentro la quale prima o poi tutti cadono. C'ha anche dei vantaggi, non lo mette in dubbio. Ma non è mica di matrimonio che vuole parlare, verrà il momento. Venendo a loro piuttosto, cioè a lui...

Ue', si interrompe il Bazzi, se vuole, se sente troppo caldo può anche togliersi la giacca, propone.

Tanto ormai, mezza risata, sono quasi in famiglia.

L'Augusto risponde mentendo che sta bene così.

Quindi, allora, venendo a lui, riprende il Bazzi.

Fidanzato o sposato, quel che sarà, deve capire che non sarà più un dipendente della ditta ma il fidanzato o il marito della figlia del padrone.

Cambia il concetto no, se mi spiego?

Sì, risponde l'Augusto.

Quindi tutti gli altri, segretarie, impiegati, operai, lo guarderanno con altri occhi per vedere se viene trattato con i guanti.

Cosa che non succederà, afferma Bazzi Vinicio.

Dentro le mura della ditta il p.i., perito industriale con specialità in disegno meccanico, Augusto Prinivelli sarà sempre e solo il p.i., perito industriale eccetera, Augusto Prinivelli, che dovrà guadagnarsi scatti e aumenti come tutti gli altri. Nessun trattamento di favore.

Questione di..., si incanta Bazzi Vinicio.

Equità?, soccorre l'Augusto.

Ecco, approva il Bazzi.

Poi: Siamo d'accordo?
Sì, risponde l'Augusto.
Qualcosa da dire?
No, risponde l'Augusto.

E allora, pam!, due botte sui braccioli della poltrona, Auguri e figli maschi, ride. E adesso andiamo a mangiare che ormai l'ora è passata.

La Sapienza Domestica sta giusto andando in salotto per dire che è pronto in tavola. In cucina, perché in salotto si va solo alla festa e quella mattina l'ha appena pulito.

Bazzi Birce è lì, come in una scena del cinema, verginale, le labbra strette, le mani a croce sull'addome.

Ciao Gusto, anche lei. Sgrana gli occhi. Intende, Tutto bene il colloquio col genitore? L'Augusto li socchiude appena, intende, Tutto bene.

Dai, dai, fa Bazzi Vinicio. Poche balle, c'ha fame.

Capotavola lui, di fronte la moglie, i fidanzati ai lati. Ravioli in brodo, di secondo un rostìn un po' legnoso, macedonia per finire, se qualcuno vuole il caffè, ma il caffè non lo vuole nessuno.

Alle dieci circa, dopo che il Bazzi Vinicio ha tenuto banco per tutta la cena raccontando di sé, della ditta, di chi paga e chi non paga, di sé e di come si comporta con chi non paga, di come il mondo degli affari è sempre più complicato, e poi di sé e di come gli operai non sono mai contenti, dei sindacati, 'sti sindacati, di come lui, se va avanti così, fra qualche anno chiude la baracca e manda tutti sul fico che poi vuole vedere la faccia che faranno, Augusto Prinivelli osa dire due delle poche parole che ha pronunciato fino a quel momento.

È ora.

Cioè è ora di andare se non vuole perdere l'ultimo treno per tornare a casa.

Allora interviene la Sapienza Domestica per dire alla figlia, Accompagnalo tu, sottinteso, Così almeno restate soli un momento.

Bazzi Birce si alza, i Bazzi salutano, Ciao ciao, l'Augusto pure, Buonasera, Ma diamoci del tu!, l'Augusto dice Sì, ma gli ci vuole un po' di tempo per abituarsi. Sente puzza di sudore, è il suo, ha tenuto la giacca per tutto il tempo, ha anche fatto cadere il tovagliolo, non se n'era accorto. Lo calpesta con la scarpa.

Bazzi Birce gli fa strada, lungo il corridoio verso la porta lo prende sottobraccio, Tutto bene?, chiede, Tutto bene, risponde lui. Lei apre la porta, esce con lui sul pianerottolo, lui pensa che lo voglia baciare, d'accordo, ma che faccia in fretta perché se no perderà il treno. Invece no, niente bacio. Bazzi Birce gli indica la porta dell'appartamento dirimpetto, chiede, Lo vedi?, l'Augusto tace, lo vede, certo, e Bazzi Birce gli spiega che è vuoto.

È nostro, dice, dei Bazzi cioè. L'ha comperato tempo prima suo padre, lungimirante. Per lei, quando si fosse sposata.

Quella scena, uguale uguale, l'hanno già vissuta due possibili fidanzati che poi sono spariti, ma il Prinivelli non ne saprà mai niente.

Bazzi Birce saluta, A domani.

L'Augusto sgamella verso la stazione con in testa il pensiero che fra un po' abiterà a Lecco e addio paese. Il treno lo acciuffa per un pelo.

12.

Adesso tocca a Bazzi Birce conoscere la zietta del suo futuro marito. Ciò avviene la mattina di sabato 3 marzo, Santa Cunegonda.

A Bazzi Vinicio capita di notarlo sul calendario e canticchia una strofetta, roba da coscritti, secondo la quale la santa abbatteva i passeri con un'arma abbastanza particolare.

La Sapienza Domestica gli dice di parlare pulito.

Bazzi Birce è in bagno a prepararsi, prova i sorrisi, dai e dai non le vengono neppure male, peccato quel naso. Salirà a Bellano in treno. Appuntamento in stazione alle dieci e trenta.

L'Augusto l'ha detto alla Tripolina solo la sera prima, sul tardi, così da impedirle di diffondere la notizia all'intero caseggiato.

Avuta la notizia, alla Tripolina avevano cominciato a tremare le mani e anche un po' la basletta. Gli aveva chiesto cosa poteva preparare da mangiare.

Niente, aveva risposto l'Augusto, perché Bazzi Birce veniva solo per fare la sua conoscenza e basta.

Ma non era finita lì, perché la Tripolina non poteva presentarsi con su el scosàa che teneva sempre, anche quando usciva a fare le sue spesucce. Quindi era andata a frugare negli armadi dai quali un alito di naftalina aveva invaso mezza casa. Aveva tirato fuori quei quattro o cinque vestiti che erano dentro lì da tanto di quel tempo da dare l'impressione di essere stati confezionati al solo scopo di fare contento l'inventore degli appendiabiti. E poi, dopo aver sentito anche il giudizio dell'Augusto che aveva continuato a dirle di non preoccuparsi, aveva scelto quello che aveva deciso che le avrebbero messo una volta morta. Dopo, s'era messa a piangere.

Ma cosa piangi, le aveva detto l'Augusto.

Piango sì, aveva risposto la Tripolina, perché alla mia età non mi resta altro che morire. E invece le sarebbe piaciuto campare ancora un po' per vedere i figli dell'Augusto. Però nel frattempo, tra una cosa e l'altra, tra cercare il vestito e pensare a morire, le era venuta un po' fame.

Anche a me, aveva detto l'Augusto, e s'erano fatti una bella frittata, quattro uova, metà per uno, alla faccia dei funerali. Poi, forse perché con la pancia piena le erano passate tutte le ubbìe, la Tripolina l'aveva tenuto in cucina chiedendogli com'era e come non era la sua fidanzata.

L'Augusto si era sentito in difficoltà. Come si fa a descrivere una persona? Solo allora gli era venuto in mente che in fondo non la conosceva che da tre settimane, si sentiva sicuro che era come doveva essere però per spiegarlo non trovava le parole. Così aveva tagliato corto, Vedrai da te, aveva detto, a domani mancano solo poche ore. Poi aveva approfittato di un rumore – la Middia che aveva buttato un secchio di acqua nel cortile interno gridando qualcosa in turco – per alzarsi, guardare dalla finestra e tornare con un finto sbadiglio.

Africa, stava pensando.

Ma una volta morta la Tripolina ci avrebbe pensato lui, addio paese, casa, morti di fame! Per sempre.

A nanna adesso, e la Tripolina aveva stentato a prendere sonno, nella testa il pensiero di quella Dirce che l'indomani il suo Augusto le avrebbe presentato.

13.

Birce, non Dirce. Bi, come Bellano, dice l'Augusto alla Tripolina per l'ennesima volta la mattina di sabato 3 prima di uscire per recarsi in stazione con l'ombrello in mano. Piove sin dalle prime ore del giorno, dalle sei per la precisione. L'Augusto se n'è accorto nello svegliarsi, sette e un quarto. Quando capita, nella tromba delle scale del caseggiato si diffonde un odore di fogna, colpa delle tubature un po' vecchie, manutenzione così così, scarichi intasati, rigurgiti eccetera. Meno male che al prossimo giro dell'economia manca quasi un mese, se no l'Osvaldo attaccherebbe anche quella alle solite lamentele. Se piove per due giorni di fila nemmeno i fritti dei Middia riescono a superare quell'odore. Secondo l'Augusto un po' di colpa ce l'ha la figlia dell'ex messo comunale Corti che è sempre al cesso. Inala, sospira, esce, tanto ormai la Birce è sul treno. L'ombrello aperto gli fa pensare ai preservativi, usati per curiosità, per provare, un'unica volta, per conto suo, una sera, solito sabato di merda, in camera sua: poi, una volta finito, aveva chiuso tutto in un fazzoletto buttato via la mattina di lunedì in stazione a Lecco. Chissà perché li chiamano goldoni.

Nemmeno la Birce lo sa, sebbene li abbia usati più volte. Anche questa è una cosa che l'Augusto ignorerà per sempre.

14.

Una volta salita sul treno Bazzi Birce aveva deciso di darsi un'aria annoiata, quasi scocciata. Mica per l'Augusto e la sua zietta, ma per i viaggiatori che erano con lei nella stessa carrozza, per quelli che sarebbero saliti nelle stazioni tra Lecco e Bellano. Chiunque l'avesse osservata doveva capire che quel mezzo di trasporto così popolare non le era congeniale, abituata a ben altro. Ma il padre Bazzi Vinicio s'era categoricamente rifiutato di portarla su col Gioiello, Alfa Romeo Giulietta, due mesi di vita, centosessanta all'ora a tirarla su un rettilineo, e aspettarla quella mezz'oretta. Il Bazzi Vinicio tutti i sabato mattina che il signore manda sulla terra va nella sua ditta e solo soletto controlla conti e conticini. Così, una volta salita in carrozza, Bazzi Birce aveva messo su un'espressione come se avesse una puzza sotto il naso, cosa che di lì a poco sarebbe accaduta davvero. Tanto per sottolineare la sua estraneità a quel mezzo, quando era passato il controllore gli aveva chiesto, voce seccata e due toni sopra il normale, se mancava molto a Bellano. È la prossima, aveva risposto quello. Meno male, aveva sospirato lei manco venisse da Taranto.

15.

Piove che dio la manda. Le gocce sono grosse, picchiano sulla pensilina e fanno un rumore come fossero biglie di ferro.

L'Augusto non riesce a scacciare dal naso l'odore di fogna. Quasi quasi avrebbe preferito il fritto Middia. È in stazione da un bel quarto d'ora e continua a pensare a quello che gli ha chiesto l'ex messo comunale Sigismondo Corti, cioè dove andranno ad abitare. Dove andrai ad abitare tu, si risponde sorridendo, se, una volta morta la Tripolina e venduto lo stabile, il nuovo proprietario deciderà di dare lo sfratto a tutta la compagnia di morti di fame, che solo una come la sua zietta ha voluto tenersi sul groppone a un prezzo che più che un affitto sembra una mancia.

Intanto il treno sbuca dalla galleria, rallenta, frena, si ferma, scendono tre, quattro, cinque persone, la sesta, l'ultima, è Bazzi Birce. Si muove con lentezza, si guarda in giro spaesata, fa un po' di scena a beneficio del capostazione.

Nessuno sale, il treno riparte mentre Bazzi Birce e il p.i. Augusto Prinivelli sono ormai quasi fuori dalla stazione e dal bar annesso giungono voci alterate, due autisti di corriera che stanno discutendo a suon di porconi.

16.

Bazzi Birce s'era immaginata come potesse essere dove abitava il suo bel cagnolino Prinivelli? La risposta è no, non ci aveva ancora pensato, né ci aveva provato, né aveva mai chiesto. Le case di tutti sono come quella dove abita lei, e fine. Per questo resta un po' così quando, dopo i cento metri tra la stazione e l'edificio lungo i quali l'ha tenuta sottobraccio e le ha chiesto come stanno il Bazzi Vinicio e la signora Voluina, l'Augusto, attraversata la strada per farglielo vedere meglio, si ferma e dal marciapiede opposto le dice che sono arrivati, indicandole il caseggiato.

S'è alzato vento e adesso piove di traverso. Qua e là la facciata ha già qualche macchia più scura che sembra scavata nel grigio del cemento rimasto tale da che il condominio è stato edificato. Un po' d'acqua esonda dalle grondaie, cola sui terrazzini sottostanti, altra zampilla da qualche buco dei due pluviali.

Alla finestra del suo locale sartoria il Benassi, fumando, si sta chiedendo di chi sono quei due buchi che dalla strada, sotto l'ombrello e in compagnia dell'Augusto, sembra guardino verso di lui. Sono i buchi del naso di Bazzi Birce e non stanno guardando lui ma il misero aspetto della facciata.

Vogliamo andare?, chiede l'Augusto.

Sì, giusto il tempo, prima di entrare, di notare pozze di acqua di colore ramato, frutto della ruggine che incrosta le ringhiere dei terrazzini.

Bazzi Birce non parla ma conteggia tra sé: intonaco scrostato, mancorrente, di legno, scheggiato in più punti, un paio di scalini instabili, alcuni sbeccati e siamo solo al primo piano, pulizia delle scale non rilevabile. Aggiungerà più tardi infissi da rifare, vetri che tremano sotto le scuffie del vento, pavimento ondulato. L'odore di fogna l'ha già inserito nel primo elenco. Adesso l'aspetta la Tripolina vestita da morta.

17.

Mica ce la fa la Tripolina a tenersi. Quando vede Bazzi Birce si mette a piangere, testa reclinata, sussulti di spalle spolpate, lacrime silenziose. Mentre aspettava che i due arrivassero aveva messo su il caffè da offrire, poi era andata a vestirsi da morta e il caffè se l'era dimenticato. La prima cosa che colpisce Bazzi Birce e l'Augusto ancora sulla soglia di casa, mentre la Tripolina già piange, è un odore di brucio.

C'è qualcosa che brucia.

È la Birce a dirlo.

Il caffè, risponde l'Augusto e scatta a spegnere il gas e a scottarsi le dita con la moka ormai da buttare via. Intanto le due donne sono entrate in cucina e a Bazzi Birce sembra di essere tornata nel refettorio della scuola delle suore dove ha fatto elementari e medie, smalto verdino, lavabile, fino a metà parete, il resto un bianco, che però era stato bianco, pensa. Ma la Tripolina la toglie ai pensieri. Al naso di Bazzi Birce non sfugge che, nell'odore di caffè bruciato, c'è una vena diversa, la plastica della guarnizione.

Eccoli qui, ha appena detto la Tripolina che si è calmata.

Non si riferisce ai due novelli fidanzati. Nell'angolo a sinistra della finestra che dà sul cortile c'è il sacrario di famiglia che la Tripolina indica con tanto di commento come se fosse una pietra tombale parlante: tre foto in bianco e nero, tre ritratti malamente incorniciati che esprimono l'invincibile solitudine dell'essere umano; la povera madre dell'Augusto, nata il morta il, il povero padre dell'Augusto, nato il morto il, e infine il povero Ercole suo marito, anche lui nato il morto il. Al citare l'Ercole, che nella foto è in maniche di camicia e nella destra stringe un badile, riprende a piangere. Ma poco perché sono passati tanti anni.

È ora di darci un taglio, pensa l'Augusto a quel punto, cambiare aria innanzitutto. Apre la finestra per scacciare l'odore di bruciato, Bazzi Birce rabbrividisce, di caloriferi nemmeno l'ombra. Dal brivido Bazzi Birce passa a un sentimento di sconcerto al pensiero che l'Augusto ha vissuto fino ai venticinque anni in quello squallore. Sente che deve portarselo via da lì il più in fretta possibile, non solo quel giorno, per sempre. Le tocca fare un piccolo sacrificio.

Mettiamo su un altro caffè?, butta lì. Bevuto il quale, via! E poi, da soli, un bel discorso.

Non c'è un'altra moka in casa, la informa l'Augusto.

Allora si siedono, la Tripolina singhiozza appena un po'.

Ma cosa c'è da dire?

Niente, poco.

Eccoci qui, dice Bazzi Birce.

Questo birbante ha aspettato proprio l'ultimo a dirmelo, sbotta la Tripolina. Spariti in un amen lacrime e singhiozzi ha messo su una faccia da vecchietta saggia e furbetta, pare uscita dal libro delle fiabe.

Bazzi Birce guarda l'Augusto, si fa chiamare birbante come se avesse ancora dieci anni?

Lui si stringe nelle spalle.

Risponde lei per lui, Volevamo essere sicuri prima di dirlo a chicchessia, dice.

A chi?, chiede la Tripolina che non conosce Chicchessia.

Intendo dire che..., riprende Bazzi Birce.

Ma il campanello di casa suona. Un grrr grrr rauco, a Bazzi Birce torna in mente quando le sue compagne di classe strisciavano le unghie sulla lavagna, le viene la pelle d'oca.

Chi può essere?, chiede l'Augusto in allarme.

La Tripolina fa la faccia dell'innocenza, invece lo sa che alla porta c'è la sua vicina Lisetta.

L'aveva avvisata quella mattina, non appena lui era uscito per andare in stazione: se voleva vedere la morosa dell'Augusto doveva andare a trovarla più o meno a quell'ora.

18.

Perché mai la Lisetta si presenta con infilata nel braccio destro la borsetta della festa, quella con cui va alla messa la domenica, è un mistero. Sta di fatto che di fronte all'Augusto che le apre la porta, la prima cosa che fa è sparare due volte O Gustino, o Gustino! e poi mettergli le mani sulle guance. Gustino Gustino, l'eco raggiunge le orecchie di Bazzi Birce che intanto sta cercando di sostenere lo sguardo fisso della Tripolina, di colpo muta, imbambolata, come se fosse piena di formalina. Una volta entrata in cucina la Lisetta riprende la sinfonia però variandola. O cara, o cara!, cercando di accarezzare anche Bazzi Birce che però fa uno scatto indietro con la testa, levando a difesa i due buchi del naso che pietrificano l'intrusa.

Anche l'Augusto resta un po' così al vederli, mica ci aveva fatto caso fino a quel momento, in effetti fanno un po' impressione.

Le mani della Lisetta allora cambiano traiettoria e finiscono sulle sue proprie guance, poi la vecchietta guarda la Tripolina, E allora?, dice.

La Tripolina risale dall'Ade, la guarda a sua volta, risponde, Ce lo portano via, indica l'Augusto e si rimette a piangere. Sarà il rumore della pioggia, saranno le lacrime della Tripolina o il freschetto che regna in cucina. Sarà quel che sarà, Bazzi Birce percepisce il bisogno di fare pipì.

Il bagno è in fondo al corridoio nella cosiddetta zona

notte. Notte vera, perché la Tripolina come tutte le mattine aveva rifatto le camere, chiuso porte finestre e persiane, proibito da sempre entrare in camera fino all'ora di coricarsi. Nemmeno il marito Ercole ai tempi poteva. Se voleva schiacciare un pisolo doveva arrangiarsi in cucina.

Una volta in bagno Bazzi Birce nota l'assenza del bidet, la mezza vasca, un tubo di pomata contro le emorroidi in bella vista su una mensola. Guarda la tazza, l'asse giallognolo, riflette se farla o tenerla. No, ha alle viste ancora un'ora almeno senza cessi sottomano. Decide per l'equilibrismo di accucciarsi senza nulla tangere. Inizia a mingere.

L'Augusto sembra rimasto solo perché la Lisetta e la Tripolina paiono due statue di cera, si guardano ma l'impressione è che non si vedano. È sulle spine, in allerta, forse avrebbe dovuto avvisare la Birce però non l'ha fatto, non ci ha pensato, come poteva immaginare che alle donne la pipì scappa più spesso che agli uomini.

Per intanto dal fondo del corridoio non arrivano grida o richieste d'aiuto, quindi ha il tempo per darsi da fare, risvegliarla e mandare via la Lisetta. Lo fa con una calma che è fretta repressa. Adesso devono parlare di cose loro, dice, si rivolge anche alla zietta.

Vero?, chiede.

La Tripolina fa sì come se le cadesse la testa per il sonno.

Anche la Lisetta fa sì, ma non si schioda.

Allora l'Augusto la spara grossa, le dice che se va a preparare un bel caffè fra un paio di minuti lui e Bazzi Birce andranno da lei a berlo.

La Tripolina salta su a dire che se vogliono un caffè glielo fa lei subito.

L'Augusto le fa notare che non si può, la moka è bruciata, da buttare.

La Lisetta è già in piedi, dice, Vi aspetto, parte ridacchiando di chissà che, di spalle assomiglia alla strega di Hänsel e Gretel.

Per sicurezza l'Augusto la segue, caso mai decidesse di tornare indietro le sbarrerà la strada, sulla soglia le dice, Grazie, arriviamo fra poco, una mano sulla spalla, la voglia, repressa, di darle una spinta e in quel momento, appena chiusa la porta di casa, il rumore dello sciacquone parte.

Il p.i., perito industriale, Augusto Prinivelli si paralizza nell'ascolto.

Dopo aver sospirato, pura soddisfazione, proprio non ce la faceva più, Bazzi Birce ha tirato la catenella dello sciacquone. Per tutta risposta ha sentito un rumore di bolla, un blob, come un rutto del muro, s'è guardata in giro, poi ha fissato la tazza e ha visto quel rumore farsi bolla vera e propria. Solo dopo l'acqua comincia a scendere fino a colmare il wc. Ma non defluisce. Il Prinivelli è sempre fermo sulla porta di casa, pronto ad accorrere, a spiegare, a calmare. Sa quello che sta succedendo, da tempo lo scarico del cesso va così.

Tirato lo sciacquone l'acqua scende ma nella tazza sale. Sale, sale, Bazzi Birce in quel momento la sta guardando, una mano alla bocca, calcolando che avanti così di lì a un momento esonderà. L'Augusto sa che sale, sale fino a dare l'impressione di voler strabordare, ma non bisogna impressionarsi, arrivata a un certo punto, quasi al limite, succede qualcosa, forse il grado della pressione vince il mistero che si nasconde nel tubo di scarico e con una seconda bolla che poi si fa un nuovo rutto l'acqua comincia a defluire. Certo va saputo. Certo avrebbe dovuto avvisare Bazzi Birce di quell'inconveniente e non lasciarla sola davanti al dramma che in quel momento si sta consumando sotto i suoi occhi.

Bazzi Birce è pronta a gridare accorr'uomo poiché l'acqua ormai è lì lì per uscire quando il mostro nascosto nell'intestino di casa prima soffia la bolla e poi emette il rutto. Così che la vita del cesso riprende il suo corso normale. Quando Bazzi Birce ricompare nel corridoio Augusto Prinivelli è ancora lì. Lo guarda, la guarda, si guardano. In cucina la Tripolina sta manipolando la moka convinta che il figliastro le abbia chiesto di preparare un caffè. Nella sua cucina la Lisetta ha disposto sul tavolo tazzine di porcellana rifinite con oro zecchino.

Cosa facciamo?, chiede Bazzi Birce ancora un po' scossa per lo scampato pericolo.

C'è poco da fare, pensa il Prinivelli.

Salutiamo e andiamo, dice.

La Tripolina è ancora alle prese con la moka. L'Augusto gliela toglie di mano.

È andata, dice, bruciata.

Poi, per l'ennesima meraviglia di Bazzi Birce, va verso l'angolo a lato della cucina economica, solleva uno sportello, getta la moka e richiude.

Adesso dobbiamo proprio andare, dice l'Augusto, il treno...

Manca mezz'ora in realtà. Ha smesso di piovere. Bazzi Birce vuole lasciare un segno.

È stato un piacere, dice.

La Tripolina le risponde con un sorriso felino, si siede, incrocia le mani sul tavolo, muta. I due si avviano, escono. Dal ballatoio del suo appartamento il sarto Benassi, sigaretta in mano, sta scrutando verso il basso. La Lisetta si sta chiedendo dove ha messo il caffè. L'odore di fogna sta cedendo a quello dei Middia che hanno cominciato a friggere. Bazzi Birce scende quasi trattenendo il respiro. Una volta fuori manda un sospiro che fa girare due che passano da lì. L'Augusto ne capisce il motivo. Ma Bazzi Birce glielo vuole chiarire con tutti i punti sulle i.

Chi amministra quel caseggiato, chi è il proprietario, com'è possibile tenerlo in quelle condizioni, quanto pelo sullo stomaco bisogna avere per chiamare casa quella topaia?

Nella mente di Augusto Prinivelli nasce e subito scompare l'immagine della sua zietta pelosa. Poi non può esimersi dal confessare. L'intero caseggiato è di proprietà della Tripolina.

Ma davvero?, lo interrompe la Birce.

L'Augusto conferma poi prosegue.

Perché lo capisce anche lui che andrebbe rimodernato, ma non ci sono i soldi, comunque morta la zietta sarà suo, e allora...

Allora?, lo interrompe di nuovo la Birce.

Allora, mentre raggiungono la stazione il Prinivelli le spiega cosa ne farà, il perché e il percome non vede l'ora di disfarsene con tutti quei morti di fame che lo abitano e pagano una cicca di affitto.

La Birce pensa, Altro che affitto!, dovrebbe essere la Tripolina a pagare qualcuno per abitarci dentro. Sul marciapiede si mettono d'accordo per andare al cinema il giorno seguente, domenica. Qualcosa che non sia una palla però. Sul treno, mentre torna a casa, a Bazzi Birce viene in mente che si è dimenticata una cosa, chiedere all'Augusto cos'è quel buco nel muro dentro il quale ha buttato la moka. Si ripromette di farlo l'indomani.

19.

Quando Bazzi Vinicio il sabato mattina esce per andare in ditta a controllare conti e conticini si sa a che ora parte ma non quando ritorna. Quei conti e conticini a volte lo obbligano a saltare il pranzo e a volte a saltare anche sulle spalle di un'impiegatina che un sabato ogni tanto, quando il marito va dai suoi nella bergamasca, gli dà una mano tra mezzogiorno e le tre sul divano del suo ufficio.
La Sapienza Domestica invece il sabato pomeriggio si incontra con le sue amiche e gioca a canasta. Però alla Birce ha lasciato qualcosa da mangiare nel frigo e un biglietto sul tavolo di cucina.
«Tutto bene? A dopo. Baci.»
Bazzi Birce legge il biglietto.
Tutto bene?
Un disastro, risponde ad alta voce nella casa vuota.

20.

Disastro?
Ma come?
E perché?, sbotta la Sapienza Domestica.
Aveva aperto lei le danze. Erano seduti tutti e tre a tavola, pronta la cena, fumavano i soliti ravioli in brodo. Bazzi Vinicio ha un succhiotto sul collo. La Sapienza Domestica aveva chiesto, Allora com'è andata?, Bazzi Vinicio s'era come risvegliato da un pensiero, Ah già, com'è andata?, aveva detto. La Sapienza Domestica aveva insistito, Dai conta su, com'è 'sta futura suocera, voleva sapere tutto tutto.
Bazzi Birce aveva subito messo le mani avanti, poi aveva mandato un telegramma: Un disastro, stop!
E la Sapienza Domestica, Disastro come, disastro cosa? E perché?
Bazzi Vinicio ha indossato un maglioncino a collo alto, ma sta ancora pensando a dopo, come nascondere il succhiotto, 'sta cazzo di un'impiegatina, avrebbe dovuto fermarla, ma come si fa in quei momenti lì, chi ci pensa. L'esclamazione della moglie lo riporta alla realtà.
Disastro come, disastro cosa?, pure lui.
Sarà mica che anche il perito..., perché ci sono i precedenti.
Due.
Il precedente numero uno si chiama Censorio Caliò, originario calabrese, rappresentante di commercio, da Inverigo. Responsabile della perdita della verginità della

Birce. Quando sembrava che tutto filasse per il verso giusto, anello col brillante già infilato al dito, i due avevano cominciato a litigare su dove andare ad abitare. Lui, A Lecco mai, deciso, aveva casa e ufficio a Inverigo, amici, compagnia e la moglie deve seguire il marito. Lei, A Inverigo, posto di merda, mai! Lui, Ma se lo conosci appena! Lei, Quanto basta!, secca. Aveva il suo bell'appartamento a Lecco, la mamma vicina, una città sottomano, non ci avrebbe rinunciato per niente e nessuno al mondo. S'erano mandati sul fico, non si sa se prima lui o prima lei. Alla notizia il Bazzi aveva commentato, Eh, quei teroni lì, ma l'anello tienilo...

Il precedente numero due invece si chiamava. Parlandone da vivo si chiama Fabio Pergamo, figlio di albergatore, da Saronno, ma è diventato obbligatorio usare l'imperfetto dal momento in cui è andato a impiastrarsi con la moto sulla Valassina, sorpasso azzardato e impatto fatale contro il muso di un pullman carico di turisti. Era una domenica di luglio, stava giusto andando a Lecco. Lui era già secco da mezz'ora quando Bazzi Birce aveva cominciato a insultarlo per il ritardo. Poi quando aveva saputo s'era un po' pentita, ma d'altronde come poteva immaginare.

Quindi, litigio, disgrazia, non c'è due senza tre, quale altro disastro può essere capitato?

Ma Bazzi Birce calma le ansie della Sapienza Domestica mentre Bazzi Vinicio decide di mettersi un cerotto sul collo. Se gli chiedono, s'è grattato un foruncolo che ha fatto un po' di sangue.

Quella casa, dice Bazzi Birce, è un disastro. Un tugurio, una tana di topi, una roba da non credere per quanto è conciata.

Segue elenco di tutto quello che riesce a ricordare mentre i ravioli si raffreddano. L'esterno, cemento triste come una galera, grondaie e pluviali bucherellati, la ruggine che cola dalle ringhiere dei terrazzini, gli interni scrostati, l'odore di fogna e di fritto, le gobbe dei pavimenti, l'impianto elettrico a vista, il cesso, quel cesso!, non dice niente, fa solo il gesto con la mano, una roba da non credere (a proposito, ma chi avrà le emorroidi, il suo Prinivelli oppure la Tripolina?), una stufetta a kerosene in cucina, chissà quando fa freddo che freddo che fa...

E lei, la zietta?, la interrompe la Sapienza Domestica.

Bazzi Birce risponde che secondo lei è andata, svanita, intronata, una statuina, non sa come altro definirla. Tra l'altro si veste come se fosse già pronta per la cassa. Ma la cosa incredibile è che...

Però si blocca, le è tornata in mente un'altra cosa.

È che? È cosa?, fa la Sapienza Domestica.

'Spetta un attimo, dice Bazzi Birce.

Perché le è tornato in mente quello che voleva chiedere al Prinivelli e poi s'era dimenticata, la faccenda di quel buco nel muro dove aveva buttato la moka, una cosa mai vista!

Bazzi Vinicio a quel punto sorride, Eh, sbotta, beata gioventù!

Cosa c'entra la gioventù?, chiede Bazzi Birce.

Cosa ti sei fatto lì sul collo?, chiede la Sapienza Domestica.

Bazzi Vinicio glissa sulla domanda della Sapienza ma risponde alla Birce.

Sono le canne per la caduta dei rifiuti condominiali, spiega con tono da manuale del geometra, perché qualche volta al Bazzi Vinicio piace dimostrare che non si intende solo di minuterie metalliche. Perciò va avanti: Canali che corrono dentro i muri portanti e scendono da ogni appartamento fino a uno sgabuzzino nel seminterrato dove spesso ci sono anche i cantinini e raccolgono la spazzatura. Li chiamano anche in un'altra maniera ma non se la ricorda. Dopotutto mica è un ingegnere lui.

E la gioventù c'entra, continua, perché lui ha fatto crescere Bazzi Birce in una delle prime case di Lecco in cui i rifiuti si mettono fuori nei loro bei contenitori anziché tenerseli sotto i piedi a marcire.

E adesso..., dice Bazzi Vinicio che ha finito i suoi ravioli e vuole allontanarsi dalla curiosità della moglie per il cerotto.

Ma la Sapienza Domestica ha messo in sospeso la questione.

Cosa stavi dicendo prima?, chiede alla figlia, a proposito della cosa da non credere.

Bazzi Birce riprende il discorso dalla cosa incredibile. Perché appunto la cosa incredibile è che tutto quel disastro di casa è di proprietà della Tripolina, e alla sua morte diventerà del suo Prinivelli. Il quale le ha detto che non appena interrata la vecchia se ne sbarazzerà in quattro e quattr'otto.

Non vuole più averci niente a che fare, né con quella topaia né con quelli che ci abitano né col paese.

Segue un attimo di silenzio, anche i ravioli residui nella zuppiera si stanno raffreddando e gonfiando, Bazzi Vinicio ha la faccia di chi sta pensando.

Sbagliato, interviene poi, il succhiotto e la fuga gli sono passati di mente. Sbagliato, ripete, perché il mattone è sempre mattone.

Ma fa schifo, osserva Bazzi Birce.

Appunto, conferma Bazzi Vinicio, la faccia di chi guarda lontano.

Visto che fa così schifo ci può fare al massimo quattro soldi, spiega. Se invece se la tiene può diventare un affare.

Bazzi Birce non fatica a capire, assente col capo.

Per chi?, chiede invece la Sapienza Domestica.

Per chi se lo sposa, risponde di getto la Birce mentre il Bazzi le schiaccia l'occhio, si intendono i due.

E già!, si accoda la Sapienza Domestica.

Bazzi Birce fa due sbuffi dalle canne del naso.

Cià che porto il secondo, annuncia la Sapienza Domestica, prosciutto e formaggio per via che non ha cucinato.

Poi domani vi faccio il rostìn, promette.

Più tardi, a letto, le torna in mente il cerotto e chiede al marito cosa si è fatto sul collo.

Bazzi Vinicio risponde, Grattato un foruncolo che ha fatto un po' sangue.

Sarà, fa lei, e si gira sul fianco.

21.

La domenica i due non vanno al cinema.
C'è niente di bello, aveva assicurato Bazzi Birce. Per un dieci minuti l'Augusto aveva temuto che la Birce volesse tornare sull'argomento della casa. Cazzodibudda lo sapeva anche lui che faceva schifo, per quello alla morte della Tripolina via, sciò!, insieme coi morti di fame che c'erano dentro. Ma Bazzi Birce era tutta gattina, appena usciti dalla stazione gli aveva detto che aveva solo voglia di stare sola soletta con lui, parlando come se gli si strofinasse addosso, un modo di fare che al Prinivelli un po' aveva fatto senso ma un po' anche la voglia di mettere una mano sulla tetta sotto la quale c'è il cuore. Certo non lì sul lungolago, benché semideserto, dove erano finiti per andare a passeggiare per una bella oretta. Quando al campanile della chiesa della Vittoria suonano le quattro, Bazzi Birce gli chiede se la vuole vedere. Il Prinivelli equivoca per un istante, diventa rosso, fino ad allora l'ha vista solo su certi giornali. La Birce sorride, si spiega, La casa, sciocchino. Lui, Certo, volentieri.

22.

'Scolta, te fa' così, le aveva detto il padre Bazzi Vinicio quella mattina. Ci aveva pensato per bene, l'aveva detto anche alla Sapienza Domestica che aveva risposto Fatevobis. Riguardo all'edificio, il caseggiato no?, che faceva così schifo. Perché se davvero era così conciato a darlo via non ci guadagna niente e invece poteva sfruttarlo meglio, farci un affare.

O no?, aveva chiesto Bazzi Vinicio.

O sì, s'era risposto da sé.

Certo bisognava investirci un po' di dindini.

Il suo Prinivelli poteva?, aveva chiesto Bazzi Vinicio sfregandosi indice e pollice.

Non credo proprio, aveva risposto sempre lui.

Bazzi Vinicio invece, con le conoscenze che aveva grazie alla ditta, imprese, direttori di banca, maneggioni eccetera sapeva come andava il traffico, com'era la musica, se si spiegava.

Sì, ma..., aveva obiettato Bazzi Birce.

Lo so, l'aveva interrotta Bazzi Vinicio.

Lo sappiamo, s'era aggiunta la Sapienza Domestica che non vedeva l'ora di entrare nel dibattito.

Era tutto un purparlé per il momento, aveva ripreso il pallino Bazzi Vinicio. Ma appunto perché tale non costava niente. Quindi aveva pensato che fare una scappata in quel paese, magari in settimana, loro due con un geometra suo amico, per dare un'occhiata al caseggiato non fosse una cattiva idea.

Appunto, costa niente, era intervenuta la Sapienza Domestica.

Se poi l'affare del caseggiato non valeva la pena, amen, c'era sempre l'altro da portare a buon fine per la Birce, almeno non farsi scappare il terzo merlo della sua vita.

Se no, altro che ragnatele, aveva pensato Bazzi Vinicio.

Alle quattro e trenta del pomeriggio di domenica, Bazzi Birce e il suo Prinivelli entrano nell'appartamento che il lungimirante Bazzi Vinicio ha comperato e intestato alla figlia. È privo di vita da talmente tanto tempo, non ne ha mai avuta in verità, che sembra stupito di vederci due persone. Le parole echeggiano, le piastrelle soffrono come ossa giovani. Le persiane sono chiuse, c'è una penombra polverosa. Il Prinivelli quasi cammina sulle punte. Bazzi Birce, davanti a lui, avanza, elenca e sospira. Cucina, salotto, camera da letto, ripostiglio, cameretta, bagno padronale, bagnetto. Ah, dal salotto, terrazzino con vista sulla strada sottostante. Certo bisogna arredarlo, nel caso che..., dice Bazzi Birce.

Nel caso che?, abbocca il Prinivelli.

Bazzi Birce non risponde. Passa qualche secondo di perfetto silenzio, i due si sono fermati davanti al bagnetto. Augusto Prinivelli capisce che il momento è topico, può diventare memorabile. Lo rovina un po' perché gli esce di bocca una frase mal concepita.

Posso sposarti?, chiede infatti.

Nel senso se voglio sposarti?, rielabora Bazzi Birce.

Il Prinivelli corregge al volo.

Vorresti sposarmi?

Né il bagno padronale né il bagnetto sono ancora dotati di sanitari. È un pensiero che ritarda di qualche secondo la risposta di Bazzi Birce. Poi arriva.

Sì!

Il protocollo prevede un abbraccio, si abbracciano. Bazzi Birce sospira allacciata al suo Prinivelli. L'Augusto si rivolge alla porta del bagnetto.

Ti avrei sposata il giorno stesso in cui ti ho vista, confessa.
Bazzi Birce tace che ha una ragione in più per sposarlo ma si associa all'uscita dell'Augusto.
Quanto deve durare un abbraccio?
Boh.
I tuoi saranno d'accordo?, chiede il Prinivelli.
Certo, risponde Bazzi Birce, ti vogliono già bene come a un figlio e non vedono l'ora.
Anch'io, commenta il Prinivelli un po' confuso per l'emozione.
Ecco, l'abbraccio è durato quel giusto, Bazzi Birce si stacca.
Quando?, chiede.
Quando vuoi tu, risponde il Prinivelli.
Non appena possibile allora, giusto il tempo di sistemare l'appartamento, arredarlo, a maggior ragione se vogliono dei figli.
No, no, fa il Prinivelli che vede l'ombra dell'orfano, di figli non ne voglio.
Nemmeno io, confessa Bazzi Birce, i figli che palle, l'aveva detto così per dire.
La cameretta diventa camera per gli ospiti. I muri di casa sono in attesa di capire quando cominceranno a vivere. La Birce fa due calcoli a mente. Qualche mese di fidanzamento ci vuole.
Settembre.
È la prima parola che non produce eco in quelle stanze vuote.

23.

È il miglior mese dell'anno per sposarsi, dice quella sera la Sapienza Domestica. L'avrebbe scelto anche lei se non avesse dovuto correre perché era già incinta di tre mesi. Invece le era toccato sposarsi in maggio, quando vanno in amore anche gli asini.

Martedì o mercoledì andiamo su a vedere, taglia corto Bazzi Vinicio perché sa che quando parla di nozze la Sapienza Domestica tende a sdilinquirsi e rompe le balle coi ricordi, ti ricordi qui, ti ricordi là con gli occhi lucidi, e lui deve fare finta se no poi la moglie si offende.

Diamo un'occhiata, ribadisce, che tanto appunto non costa niente.

Lui, lei e il geometra Carta Giovanni, per i colleghi Cartina, per gli amici Campari. Al Prinivelli, aggiunge, per il momento è meglio non dirci niente. Solo dopo, magari.

Vediamo, conclude, una cosa alla volta.

24.

Bazzi Birce disobbedisce solo un po'. La mattina di mercoledì passa nell'ufficio del suo Prinivelli e lo informa che per la pausa pranzo non si potranno vedere come al solito perché ha un appuntamento col ginecologo. Il Prinivelli dice, Va bene, e arrossisce al pensiero senza sapere perché. Su a Bellano alcuni il ginecologo lo chiamano figàt, la parola gli ronza in mente per un po'.

Per Carta Giovanni geometra il mondo è sempre stato un quadrato. Scapolo e libero di dedicarsi alla sua passione, il Campari. Ne beve uno a Lecco mentre attende Bazzi Vinicio col Gioiello. Di solito a fine giornata ne ha collezionati una dozzina. Una volta giunti a Bellano per prima cosa fila dentro al bar Sport e se ne fa servire un secondo. Poi, rinfrancato, torna a completare il terzetto che dal marciapiede opposto sta osservando l'edificio.

Dal suo locale sartoria il sarto Benassi con la sigaretta in bocca si sta chiedendo chi siano e cosa vogliano quei tre che guardano in su. Poi riconosce le canne del naso di quella del sabato prima.

Intanto Carta Giovanni si è staccato dal gruppetto per fare un giro intorno al caseggiato. Così, ha detto, tanto per farsi un'idea di massima, una stima occhio e croce, c'ha l'occhio clinico, metri e calcolatrici li lascia usare agli altri. Sta via un bel quarto d'ora, il terzo Campari lo butta giù d'un fiato approfittando della trattoria della Pesa lì vicino e che è fuori dagli orizzonti visivi di Bazzi Vinicio e Birce. Al suo ritorno Bazzi Vinicio gli chiede quanto possa venire il tutto. Carta Giovanni risponde che così sui due piedi è difficile dirlo. Però, aggiunge, se davvero l'interno è conciato come ha detto Bazzi Birce mentre salivano verso Bellano...

È così, se non peggio, conferma Bazzi Birce.

Be', conclude Carta Giovanni, forse forse è più conveniente comperare e poi buttare giù tutto per costruire di nuovo.

Tre Campari, il motore di Carta Giovanni è entrato in coppia.

Perché, dice, se non ha calcolato male lì dentro ci sono otto appartamenti.

Sei, corregge Bazzi Birce.

Meglio ancora, ribatte Carta Giovanni.

Sei appartamenti in un edificio del genere significano un sacco di spazio inutilizzato, tra scale, corridoi e quant'altro. Se si butta giù tutto e si ricostruisce quei sei raddoppiano. Dodici, magari anche quattordici se ci si mettono un paio di mansardine. Lui, se Bazzi Vinicio vuole, può cominciare a mettere giù un progettino di massima, le misure le ha prese.

Padre e figlia si guardano, vada per il progettino di massima, ma la prima cosa da fare sono le nozze.

Beviamo qualcosa?, propone infine il geometra Carta Giovanni. Un Campari per lui, il quarto, e due caffè per brindare al possibile affare.

25.

Un brindisi agli sposi novelli!
È l'8 settembre 1956, natività della Madonna, la breva è tesa, l'onda bassa, c'è una regata di Dinghy ormai giunta al termine. Gli sponsali Bazzi-Prinivelli sono stati celebrati presso la parrocchia dei Santi martiri Gervaso e Protaso in Castello di Lecco. Quale motto per quel giorno il calendario di frate Indovino recita che «All'assente e al morto non si dee far torto». Tra le assenze spicca quella della Tripolina. Ma mica è morta. Solo non se l'è sentita di prendere parte al pranzo nuziale presso il ristorante De' Bravi sempre in Castello di Lecco. Il bellanese Eugenio Spazzolini, con auto pubblica, ha caricato lei e il nipote alle nove e trenta del mattino e li ha scaricati davanti alla chiesa dopo tre quarti d'ora viaggiando a una velocità non superiore ai cinquanta all'ora, visto che lo Spazzolini è miope, refrattario agli occhiali e di Lecco conosce solo la strada che percorreva quando, giovane, andava al casino di via dell'Isola, bei tempi quelli! Poi si è posizionato fuori dalla chiesa in attesa di riprendersi la Tripolina e riportarla a casa. Per questa ragione Augusto Prinivelli dopo che Bazzi Vinicio ha proposto un brindisi agli sposi novelli prima del taglio della torta ha voluto, per non farle torto, proporre un brindisi alla salute di colei che lo ha allevato e che gli ha fatto da testimone col permesso del prete di stare sempre seduta. Si imparpaglia un po', è indeciso su come chiamarla, decide per Tripolina.

Tripolina chi?, si alza più di una voce.

A mani unite Bazzi Birce e il suo Prinivelli mollano il primo fendente alla torta nuziale. Una fetta la mettono da parte, la porterà il Prinivelli alla matrigna il giorno dopo, prima di partire, lunedì, per il viaggio di nozze, Firenze, Roma, Napoli (quest'ultima meta sconsigliata ridendo da Bazzi Vinicio, Vedi Napoli e poi muori, no?).

26.

Nell'arco di tempo tra il mese di marzo e quello di settembre sono successe un po' di cose. Nulla di clamoroso, affari correnti. Bazzi Birce ha preso saldamente il comando per l'arredamento del nido d'amore. Mobili, tende, sanitari, tappeti.
Ti piace questo, ti piace quello?, ha sempre chiesto Bazzi Birce.
Pura formalità, perché il mobile, la tenda, il sanitario sono già piazzati.
Il Prinivelli ha sempre risposto sì.
In ordine di tempo si completano cucina, camera da letto, salotto, bagno padronale e bagnetto. La cameretta o camera degli ospiti per il momento resta vuota, è il rifugio dell'eco. A maggio l'appartamento è pronto, Bazzi Vinicio ha saldato tutti i conti, pagamento sull'unghia e da quel momento in avanti se ne lava le mani: vestito da sposa, lista nozze e quella degli invitati, ristorante per il pranzo nuziale sono cose che non lo riguardano, roba da femmine. Giusto una sera Bazzi Vinicio ha messo il becco sulla tappa finale del viaggio di nozze, quando sente Napoli, Napoli boh, Napoli mah. La Sapienza Domestica gli ha detto, Taci tu che non hai voluto nemmeno farlo.
Bazzi Vinicio ha risposto, Per forza, lei era incinta, aveva le nausee; la moglie ha ribattuto, Anche dopo quando c'era il tempo mai un viaggetto; lui ha replicato, Con la ditta che stava crescendo; Bazzi Birce ha miagolato, Basta per favore, non litigate.

Poi si è portata il tovagliolo a un occhio come se asciugasse una lacrima ma forse aveva un principio di orzaiolo.

Di tanto in tanto il Prinivelli si è fermato a cena dai futuri suoceri. Alla Tripolina l'ha detto subito dell'intenzione di sposarsi a settembre, la sera stessa di quella domenica in cui Bazzi Birce si è messa a fare la gatta in calore. La Tripolina ha detto, Se lo sapesse la tua povera mamma ma anche la sua povera sorella, che poi sono la stessa persona. Anche il suo povero papà, del Gustino, e il suo povero marito, di lei.

Il Prinivelli le ha chiesto un favore, Per intanto non dirlo a nessuno.

La Tripolina ha promesso e la mattina dopo, appena lui è uscito, giudicato ormai trascorso l'«intanto», è filata dalla Lisetta e le ha sussurrato la novità.

Con chi?, ha chiesto la Lisetta.

La Tripolina non si ricorda il nome di Bazzi Birce, le dice che però l'ha vista anche lei, l'ha conosciuta quella volta che Gustino l'aveva portata lì.

La Lisetta ha chiesto, Quando, dove?

La Tripolina ha risposto, A settembre.

Di che anno?, ha ribattuto la Lisetta.

Di che anno cosa?, ha domandato la Tripolina.

Nel settembre di che anno l'ha conosciuta, s'è spiegata la Lisetta.

Ma no, ma no..., ha sospirato la Tripolina e ricomincia da capo.

Alla fine la Lisetta capisce, Ma sì, ma sì, ho capito.

Il giorno dopo tutto il caseggiato lo sa.

Il Prinivelli si era illuso ma gli è toccato masticare amaro l'ultimo sabato del mese, giorno del giro dell'economia.

Alla solita lagna la Clementina ha aggiunto gli auguri che il Gustìn deve accettare come se fosse la sua stessa madre in persona a farglieli perché è sicura che così vuole dal cielo. Per una volta il Benassi è stato al suo fianco, aspettando che il Gusto gli chiedesse di fargli il vestito, il sarto di casa in fondo è lui. Ma Bazzi Birce l'ha già avvisato di non preoccuparsi, appena finito con l'appartamento ci pensa lei a portarlo in giro per negozi a scegliere quello giusto. Corti Sigismondo gli ha porto i suoi auguri impettito e severo come se stesse notificando qualcosa, anche da parte di sua figlia, ha precisato, che intanto ha tirato lo sciacquone. Il Middia non è stato omertoso come al solito, gli ha detto una cosa in una lingua geroglifica, il Prinivelli non capirà mai che si è scusato per la busta che presenta una macchia di olio. La sorpresa lo ha atteso a casa dell'insopportabile Osvaldo Cremia: non c'è, fa il turno sei-dodici, c'è la moglie con le occhiaie del turno diciotto-ventiquattro, però gli dice che hanno saputo, sono contenti per lui, era ora, l'Osvaldo ha detto che dovranno festeggiare.

Sì col piffero, ha pensato il Prinivelli, ma, Come no!, ha risposto.

Ormai è alla fine, manca la Lisetta che ha salutato il Gustino e poi non ha più cippato, primo perché non si ricorda già più delle nozze a settembre e, secondo, perché come al solito è impegnata a grattare fondi di cassetti e a dispiegare sul tavolo carte da mille, cinquecento e monetaglia. Manca qualcosina come sempre, l'Augusto ha riparato e salutato, ha finito, a quelli del bar Sport non frega una mazza se lui si sposa, hanno già provveduto a pagare, loro aprono alle cinque della mattina e a volte chiudono dopo mezzanotte.

Sulla porta di casa, prima di entrare e consegnare il malloppo alla Tripolina, Augusto Prinivelli si è guardato intorno: se quei morti di fame si illudono che li inviterà se lo possono togliere dalla testa, aspettino pure, poi vedranno cosa succederà non appena la Tripolina finirà sotto due metri di terra. Certo non è un bel pensiero ma nessuno campa in eterno.

27.

Il giro dell'economia di aprile ha presentato novità.
Il sarto Benassi ha capito l'antifona, il Prinivelli non si avvarrà della sua arte per farsi il vestito, bella riconoscenza con tutto quello che lui e i baffetti di sua moglie hanno fatto quando la Tripolina ha avuto il tifo o quello che era. Ha consegnato personalmente la busta alla Tripolina l'ultimo venerdì di aprile.
Meglio, ha pensato il Prinivelli, si è risparmiato la mamma che lo guarda dal cielo.
L'ex messo comunale Corti lo ha accolto con un sorriso, mai successo prima. Gli è che ha fatto un giro dagli altri per capire se dovranno fare un regalo al novello sposo. Il sarto gli ha risposto che non ci pensa proprio, il Middia una cosa che non ha capito, la Lisetta gli ha chiesto due volte chi si sposa, al bar Sport non è nemmeno andato, il Cremia gli ha detto che sarebbe opportuno ma o tutti o nessuno. E allora nessuno e si è messo l'animo in pace perché non dovrà cacciare soldi. Eccezionalmente quella volta lo sciacquone tace.
Il Middia fa una specie di sorriso, o forse è un ghigno, la frittura è in corso, allunga la busta col dovuto, chiude la porta e via.
Ma l'Osvaldo è in casa, lo ha fatto entrare con la solita prosopopea, gli ha messo anche un braccio sulle spalle, Allora il momento è arrivato, ha detto. Poi, Lo vogliamo fare un bell'addio al celibato? Con un po' di coscritti,

compagni di classe? Perché poi, una volta incastrato, ha riso l'Osvaldo, diventa difficile, garantito, vedrai.

Ma certo, ha risposto l'Augusto che non ha nemmeno preso in considerazione l'idea.

Bravo Gusto, ha approvato l'Osvaldo, tè la busta e a proposito forse bisogna far dare un'occhiata al tetto perché dopo le ultime piogge dal soffitto è filtrata un altro po' di umidità.

Sì, certo, come no, ha risposto l'Augusto.

Lisetta e bar Sport idem come sempre.

Il mese di aprile finisce così.

28.

Maggio è volato via grazie ai vestiti per la cerimonia. Ci vogliono almeno dieci giorni di riflessione tra la Sapienza Domestica e Bazzi Birce per decidere su come vestirà la sposa. Il classico abito bianco (Anche se non è più vergine? Ma cosa c'entra? E poi chi lo sa? A lui l'hai detto? No, perché? Magari ci resta male. Sì, va be', nel caso gli passerà!), oppure un bel tailleur sartoriale di shantung grigio perla con cappellino e veletta? Decide Bazzi Birce per quest'ultimo perché dire a chi glielo chiederà che per le nozze indosserà un «bel tailleur sartoriale di shantung grigio perla con cappellino e veletta» le riempie la bocca come se stesse mangiando gli gnocchi di patate che tanto le piacciono. E poi lo potrà usare per qualche altra cerimonia, mica come quello bianco che in fondo usano tutte e poi alla fine lo infili in un armadio a ingiallire e chiuso Milano. Visto che sono in ballo con la sarta anche la Sapienza Domestica, che ne ha l'armadio pieno, si fa confezionare un vestito nuovo. Tailleurino bluette, dice come se fosse una cosa da niente per farsi perdonare la spesa da Bazzi Vinicio. Che ribatte, Va be' tanto i soldi me li caga l'asino nella stalla.

Lui, per lui, ha sempre pronto nell'armadio il suo bel gessato grigio antracite con tanto di panciotto, quello che indossa prima di Natale quando consegna panettone e spumantino ai dipendenti durante la festicciola in ditta. Manca da sistemare il Prinivelli che, ha domandato Bazzi Vinicio, Ce li ha i soldi per comprarsi il vestito?

Ce li ha, Bazzi Birce glieli vede scucire davanti al completo grigio fumo di Londra che ha scelto per lui.
Bello, ha detto Bazzi Birce.
Sobrio, ha aggiunto la commessa.

29.

Quasi sobrio, venerdì 25 maggio il geometra Campari, che è già a quota giornaliera quattro, ha consegnato a Bazzi Vinicio un disegnino di massima di come potrebbe venire il caseggiato una volta rifatto da capo. Ci ha lavorato su con un po' di fantasia ma quei vecchi edifici li conosce abbastanza bene, non crede di essere andato troppo lontano da come potrebbe venire una volta rifatto. E per maggio non c'è altro da dire.

A giugno viene predisposta la lista degli invitati. Che sono quaranta per la parte Bazzi e uno per la parte Prinivelli: la Tripolina cioè che farà da testimone ma, su consiglio dello stesso Augusto, tornerà subito a casa per via dell'età.

30.

A luglio ha fatto solo caldo, al piano terra del caseggiato ha regnato un bell'odore di rifiuti fermentati, sopra hanno dominato i Middia, chi più chi meno tutti hanno aspettato l'invito a nozze o almeno i confetti, l'Osvaldo Cremia più che mai convinto che l'Augusto gli chiederà di fare da testimone, Se no chi altri? Al tramonto del 31 però, che avviene alle ore diciannove e ventinove, il Prinivelli non gli ha ancora detto niente. Bella riconoscenza, pensa il Cremia, con tutto quello che ho fatto per lui. Cosa, però, non lo saprebbe dire.

31.

Il primo di agosto la ditta Bazzi Vinicio-minuterie metalliche chiude per ferie, venti giorni. Il Gioiello di Bazzi Vinicio è partito per il mare ligure, località Bergeggi, pensione Bellevue, ma è ritornato subito con il solo Bazzi Vinicio perché quella prima settimana lui la passa in ditta a fare un po' di consuntivi, dopodiché si fa anche lui una settimana di mare. Andando in giù ha fatto lo spiritoso, chiesto un paio di volte se come tassista andava bene, tornando ha fischiettato e pensato all'impiegatina sul divano.

Il giorno prima della partenza Bazzi Birce, nell'appartamento completamente arredato, ha baciato a lungo il Prinivelli, gli ha anche preso una mano e se l'è messa sulla tetta sotto la quale c'è il cuore. Poi gli ha detto, Fa' il bravo, che quando torno ti faccio vedere i segni del costume.

Augusto Prinivelli non vede l'ora di fare l'ultimo giro dell'economia da scapolo, quello che chiarirà una volta per tutte che non ha invitato nessuno di quella banda di morti di fame. L'evento tanto atteso cade il giorno 25, San Ludovico, giorno in cui sull'alto lago si scatena un temporale coi fiocchi che obbliga il colichese Armando Pezzetti a restare chiuso in casa smadonnando a ripetizione.

SECONDA PARTE

1.

A Gemma Imparati in Pezzetti, moglie dell'Armando, importa meno di niente che piova, venga giù pure il diluvio universale. A lei infatti i funghi, a differenza del marito, non sono mai piaciuti. Anzi, a dirla tutta le fanno ribrezzo.

L'Armando invece è un fanatico. Quand'è stagione di funghi diventa matto. Dimentica casa e lavoro. Parte a buio, sta via giornate intere. Non vuole che nessuno tocchi quelli che trova. Li pulisce, li taglia, li conserva, li cucina. Poi li mangia, lui solo. E ogni volta dice alla Gemma, Non sai cosa ti perdi; al che lei risponde, E mai lo saprò. Quand'è stagione l'Armando cammina per strada annusando l'aria come un cane, dice che ne sente il profumo. Più di una volta anche la Gemma ha annusato, senza sentire una mazza a parte l'odore di stallatico che grava su Colico. In ogni caso, quando arriva quel tempo, il carattere dell'Armando cambia. Esistono solo loro. E alla Gemma tocca stare da sola in negozio, una ferramenta di cui non le è mai importato niente e della cui gestione non ha mai voluto sapere alcunché. Tant'è che quando è sola il più delle volte lascia fare ai clienti, scelgano loro chiodi, viti e fil di ferro. Se no che ripassino quando c'è suo marito.

Se trova funghi l'Armando torna a casa bello allegro altrimenti mette giù una piva che non finisce mai. A volte è incazzato di brutto. Succede quando qualcuno lo precede nei posti che pretende di conoscere solo lui. Ma, cretino che è!, se ci passa qualcun altro vuol dire che non è solo lui a conoscerli! Niente da fare, non c'è mezzo di convincerlo a essere ragionevole e il più delle volte la Gemma lascia perdere. L'estate del 1956 promette bene per gli amati funghi. Ha piovuto quel giusto, il bosco è bello umido, i funghi matti hanno già cominciato a spuntare, buon segno. Tutte le mattine, sulla soglia della ferramenta, l'Armando annusa l'aria. La Gemma capisce che suo marito ha imboccato la via della metamorfosi: parla poco, annusa un sacco, se nel negozio fa eco anche solo una mezza parola che rima con fungo o funghi gli diventano le orecchie rosse. Fino a quando cominciano ad arrivare quelli sani, di funghi.

Il primo porcino, esemplare da due etti e mezzo, glielo avevano messo sotto il naso in negozio. Era stato tal Mascheroni, detto Masèt, pure lui fungaiolo accanito, a entrare apposta nella ferramenta con quella bestia in mano per far crepare d'invidia l'Armando. Era una tarda mattinata di luglio. Da giorni l'Armando si svegliava all'alba e partiva per boschi, tornando a casa quasi sempre a mani vuote, in viso una piva da incorniciare. A quell'atto di sfida l'Armando aveva risposto con sdegno. Dapprima l'aveva valutato.

È vecchio, aveva poi detto.

Balle. Era bello tosto invece, fresco, sodo. Avanguardia di un'annata eccezionale. Funghi a carriolate. Annata storica. Non solo per i funghi, anche per l'Armando, suo malgrado. Armando Pezzetti, 8.8.1917-30.8.1956. Morto precipitato in una valle sopra Colico. Quando lo hanno trovato sabato 1° settembre aveva uno zaino con dentro venti chili di funghi ormai marci e sul viso ancora un'ombra di sorriso per il memorabile raccolto. Così Gemma Imparati già in Pezzetti è diventata vedova. Vedova e con sulle spalle una ferramenta di cui non le è mai importato niente.

2.

I

A trentotto anni Gemma Imparati, vedova, ha un fisico ancora in ottimo stato. Come dicono a bassa voce alcuni clienti, sul mercato farebbe la sua porca figura, darebbe dei punti a parecchie che di anni ne hanno quasi la metà. Ma a lei, come con la ferramenta, di ritornare in ballo non gliene frega niente. L'amore l'ha conosciuto, per quello ha sposato l'Armando. Ma l'amore passa, resta l'abitudine, ci si fa il callo, come coi funghi, i chiodi, le viti. Adesso, però... Gemma Imparati non si azzarda a chiamare quello che è successo una botta di fortuna. Destino, ecco. Che le offre, a trentotto anni, la possibilità di rifarsi una vita.

Ancora chiodi, viti e fil di ferro?

Oppure profumi?

Perché un vecchio sogno di Gemma Imparati è quello di mettere su una profumeria, sogno archiviato dal momento in cui aveva sposato una ferramenta già ben avviata. Adesso, però...

Gemma Imparati si concilia col lutto, comincia a pensare che quel sogno può diventare realtà. In che modo, c'è solo una persona che glielo può indicare, il ragionier Valerio Fasanello che se fosse nato animale sarebbe stato un topino. Di quelli furbi però, che mangiano il formaggio dall'interno e lasciano agli altri solo la crosta.

Fasanello Valerio, ragioniere, dalla rada barbetta e agli angoli delle labbra sempre un po' di saliva rappresa. Il

Fasanello fa consulenze, tiene contabilità ma tratta anche affarucci, case, appartamenti, negozi. Le sconsiglia subito una profumeria. In loco ce ne sono già due. Follia pura aprirne una terza, sempre ammesso che il comune le conceda la licenza.

Gemma Imparati però non vuole più sentire sulle dita odore di ferro. Profumi, da quel momento in avanti. Con la fantasia sta già dispensando consigli ed essenze.

Il Fasanello non obietta, è uno pratico. Allora bisogna essere disposti a trasferirsi, dice.

Va bene, risponde la Gemma.

Tanto, con l'Armando morto, niente la trattiene lì dove ha vissuto per tutti quegli anni.

E bisogna che mi dia il tempo per cercare, aggiunge il Fasanello.

Basta che non ci voglia la vita eterna, commenta la Gemma.

Fasanello Valerio risponde che deve fare qualche telefonata. Forse più di qualche. Poi con un gesto della mano la invita a uscire dal suo ufficio, rassicurandola. Non deve temere, avrebbe condotto in porto l'affare. A volte è topo ma a volte diventa cane e quando azzanna una caviglia non la molla tanto facilmente. È così che Gemma Imparati giunge infine a Bellano per la prima volta in vita sua. È l'8 settembre 1956, sul lago barche a vela di diverse classi navigano sotto la spinta di una breva che è ancora tiepida.

È solo per dare un'occhiata, dice Fasanello Valerio a Gemma Imparati prima di partire a bordo della sua Fiat 600 nel cui abitacolo domina un odore di plastica dovuto al similpelle dei sedili. Una presa visione, sottolinea.

Una presa visione, aveva detto il Fasanello inserendo la prima, spiegando meglio poi, tra una grattata e l'altra, curva dopo curva. Voleva dire che il locale c'era, la possibilità della licenza pure. Quindi se a Gemma Imparati andava bene si poteva partire con le pratiche necessarie per mettere in vendita la ferramenta in modo da fare liquidità. Il negozio era di un frutta e verdura. Proprietario sessantenne, nonno, due nipoti. S'era stufato di lavorare. Negozio d'angolo, aveva spiegato il Fasanello mentre arrischiava la quarta sul rettilineo poco prima di entrare a Bellano, ben posizionato, di fronte alla piazza, proprio davanti al molo della Navigazione. Tra l'altro a Bellano una profumeria vera e propria non c'era, a parte una drogheria che aveva uno scomparto dedicato a profumi e belletti. Ma, aveva aggiunto il ragioniere, aveva avuto modo di verificare che non era granché fornita.

II

Gemma Imparati se ne innamora prima ancora di vedere il locale. Il sogno è a portata di mano. Le sembra di risentire il profumo di lago portato dalla breva e rivede gli occhi del Fasanello che di tanto in tanto hanno scrutato le sue tette, alte, piene, sode, che si alzano mercé il respiro largo quando entra in quel negozio. Se non può giurare sul sole, non ha dubbi sulle occhiate del ragioniere e nemmeno sul profumo di frutta e verdura che ancora regna tra quelle mura. Un dolciastro tutt'altro che fastidioso che Gemma Imparati inala con voluttà pensando ai profumi che l'avrebbero sostituito.

Tempo un mesetto Fasanello Valerio chiude la vendita della ferramenta di Colico e l'acquisto del frutta e verdura di Bellano. Così Gemma Imparati, offrendo alle sue future clienti piccoli omaggi di un'acqua di colonia denominata Eau du vent, due settimane prima del Natale 1956 può finalmente aprire la profumeria dei suoi sogni divenuta realtà. Per qualche giorno ha la sensazione di essere nata una seconda volta, di avere avuto in dono una nuova vita.

3.

A Bazzi Birce scappa detto che la Tripolina – non sa come altro chiamarla visto che essendo zia del marito non è propriamente sua suocera – sembra già pronta per la bara. È il tardo pomeriggio di Natale 1956. La Sapienza Domestica concorda, vestita così poi... Bazzi Vinicio ha mangiato, bevuto, dormicchiato ma ormai ha smaltito quasi del tutto e dice, A proposito di morti. Tanto il Prinivelli non c'è, con il Gioiello del suocero è andato a riportare a casa la matrigna dopo il pranzo in casa Bazzi.

La sorpresa era stata che il Prinivelli aveva la patente.
E allora poteva dirlo prima!, era sbottato Bazzi Vinicio l'ultimo sabato di settembre quando, tornati gli sposi dal viaggio di nozze, l'Augusto aveva detto che faceva un salto in treno a Bellano per vedere come stava la sua zietta e per quel cazzo di giro dell'economia.

Ma fattela una buona volta 'sta patente no?, aveva esclamato Bazzi Vinicio.

Ma ce l'ho, aveva risposto l'Augusto.

E non poteva dirlo prima? Che si prendesse il Gioiello, così faceva più in fretta. Era capace di guidarla la sua macchinetta?, aveva sorriso poi.

Se non è diversa da tutte le altre di questo mondo, aveva risposto il Prinivelli.

Da quel momento, Gioiello o treno, l'Augusto non aveva mancato di andare a Bellano il sabato per vedere come stava la Tripolina, sentire se aveva bisogno di qualcosa, insistere fino a convincerla che si lasciasse mettere il telefono.

Bazzi Birce, pro forma, chiede sempre se vuole compagnia, tira il fiato alla sua risposta, No grazie. Poi, una volta tornato l'Augusto, si informa.
Sta bene la Tripolina? Come l'ha trovata? Gliel'ha salutata? Cosa fa di bello?
Cosa rispondere?
Sì, bene, sì, le solite cose.

4.

Per qualche giorno dopo il matrimonio la Tripolina era rimasta un po' in aria. Più di una volta, la mattina, era andata nella camera da letto dell'Augusto convinta che non si fosse svegliato in tempo per prendere il treno e andare a lavorare. Poi, una volta registrato che adesso il nipote non abitava più lì, aveva chiamato in casa la sua vicina, la Lisetta, per farle vedere una cosa: il vestito che dovevano metterle una volta morta perché, aveva spiegato, l'Augusto lo sapeva ma adesso che era sposato chissà quanti pensieri, e magari si dimenticava.

Una mattina aveva suonato il postino, una cartolina per lei. Arrivava da Firenze, saluti e baci, l'Augusto e la Birce. Quella stessa sera, con quella preziosa reliquia in mano, dopo cena, anziché imbambolarsi a guardare nel vuoto, aveva suonato alla porta della Lisetta per mostrargliela.

La Lisetta l'aveva fatta aspettare un po' perché stava compiendo il rito con cui chiudeva le sue giornate e poi le imposte. Miao miao, micio micio, dal terrazzino che dava sul cortile interno la vecchietta buttava i magri avanzi della giornata a una banda di quattro o cinque gatti che passavano lì la maggior parte del tempo, attirati dall'odore dei rifiuti che fermentavano nel locale di raccolta.

Una volta entrata la Lisetta aveva fatto accomodare la Tripolina e le due si erano messe a chiacchierare per quasi un'ora fino al momento in cui la Tripolina aveva detto che era tardi, non erano ancora le nove, si era alzata per andarsene e la Lisetta le aveva detto di tornare quando voleva. La Tripolina aveva risposto, Ma certo. Da allora quando anche lei avanzava qualcosa delle sue magre cene, anziché buttare i resti nel condotto dei rifiuti si aggregava alla vicina, miao miao, micio micio.

Di cosa parlano le due nel corso di quelle sere è presto detto, è tutto un ti ricordi di qui, ti ricordi di là. Ti ricordi il primo Natale del Gustino. Appunto.

5.

Avvicinandosi il Natale, Augusto Prinivelli aveva sottoposto la questione alla moglie Bazzi Birce. In quanto moglie, Bazzi Birce ha smesso di fare la mezza segretaria, fa la signora, sta in casa, esce la mattina a fare la spesa, pranza in casa dei suoi visto che è sola, esce il pomeriggio a fare due passi con la Sapienza Domestica, a volte sostano al bar Commercio per una cioccolata con la panna, per i mestieri si fa aiutare dalla donna di servizio dei genitori, così la sera è un po' stanca e prepara una cena leggera. Quella sera aveva preparato un piatto di prosciutto cotto e fontina, ma volendo c'era anche un avanzo freddo di arrosto. Prima di attaccare le leccornie che aveva sotto gli occhi, il Prinivelli aveva messo sul tavolo la questione.

A Natale cosa si fa?

Bazzi Birce aveva risposto che l'albero, il presepe non l'avevano mai fatto. Ma l'Augusto intendeva con la Tripolina, non poteva mica lasciare che restasse tutta sola.

Dimmelo tu, aveva chiesto Bazzi Birce.

L'Augusto aveva risposto che potevano andare su loro due per pranzo e poi festeggiare la sera con Bazzi Vinicio e la Sapienza Domestica, ma Bazzi Birce aveva obiettato che in casa Bazzi il Natale si festeggiava sempre a pranzo e alla sera brodino.

E allora non potremmo invitarla qui?, aveva sparato l'Augusto.

Non lo diceva anche il proverbio, Natale con i tuoi...?

Bazzi Birce non aveva risposto subito, s'era tenuta sul vago, Sì, adesso vediamo, mentre il Prinivelli andava a prendere l'avanzo di arrosto.

Quando l'Augusto ritorna dal frigo Bazzi Birce gli dice, Va bene, facciamo così, ha capito che non c'è via d'uscita. Il giorno dopo lo dice alla Sapienza Domestica che allarga le braccia, alla sera Bazzi Vinicio, informato, commenta, Contente voi...

Così la mattina di Natale 1956 l'Augusto, verso le dieci, al volante del Gioiello era salito a Bellano per caricare la zietta e l'aveva riportata a casa poco dopo le quattro del pomeriggio. Per l'occasione la Tripolina s'era ancora vestita da morta, da cui i commenti di Bazzi Birce, della Sapienza Domestica e quell'ultimo uscito dalla bocca ancora un po' impastata di Bazzi Vinicio, A proposito di morti, che aveva creato un clima di attesa nella sala da pranzo. Perché qualche giorno prima il geometra Campari gli aveva fatto un colpo di telefono per sentire se c'era qualche novità a proposito di quel caseggiato. Lui gli aveva detto, Finché non muore la vecchia... Il Campari aveva risposto, La morte non si augura a nessuno, però nel frattempo gli aveva zifolato una cosa che, con tutte le buone maniere, sarebbe stato il caso di dire al p.i., perito industriale, Augusto Prinivelli.

6.

Le belle maniere di Gemma Imparati incantano. La profumeria decolla che è una bellezza. Parecchi tra i bellanesi di sesso maschile il Natale 1956 regalano profumi. Qualcuno si orienta sui deodoranti ma Gemma Imparati sconsiglia, non è elegante.
E allora?
Lasci fare a me, dice lei.
Ci sa fare. Riguardo alle donne tratta le belle come le brutte. Anzi, con le brutte ha un tatto particolare, le avvolge con una parlantina che quando era in mezzo a chiodi e viti nemmeno si sognava. Piazza loro smalti, rossetti, creme e profumi illudendole che con quelli sarebbero diventate belle.
Gli uomini entrano per dare un'occhiata alle sue tette e al culo che si muove come un bilanciere. La scusa è un rossetto per fare un regalo o un deodorante per uso personale. In ogni caso escono sempre con qualcosa in mano, un movimento tra le gambe e in testa pensieri di cosa farebbero se. A volte azzardano qualche complimento che la Gemma lascia cadere come se fosse sorda. Non che resti insensibile. Ormai è diversi mesi che non. Certe sere ne avverte la voglia, ma quando ci pensa quella si spegne. Una marea non l'ha mai vista, ma il paragone che le viene è quello. Meglio aspettare che quella voglia si faccia piena, solida. Solo allora ci ragionerà. Sarebbe sciocco incasinarsi la vita, rovinare la gioia di quelle giornate che la trovano già col sorriso quando si sveglia al

mattino per andare a prendere il treno e pure alla sera quando ritorna in stazione per rientrare a casa. Perché nel frattempo Gemma Imparati continua a risiedere in Colico.

7.

Il Campari l'aveva detta giusta, la morte non si augura a nessuno. Però era anche vero che nessuno scampa in eterno, aveva chiosato Bazzi Vinicio mentre Bazzi Birce e la Sapienza Domestica stavano aspettando di capire dove voleva andare a parare. Pur augurando alla Tripolina altri cent'anni di vita non si poteva evitare di considerare che, per quanto potesse durare, non ne aveva certo per molto.

Ue', magari muoio prima io, aveva detto Bazzi Vinicio, tocca ferro. Però insomma, guardando le cose da un punto di vista pratico, così come gli aveva detto il geometra, se si volevano mettere le mani avanti c'era una bella cosa da fare, senza aspettare che la vecchia morisse. E cioè, aveva chiarito Bazzi Vinicio, l'Augusto doveva cercare di farsi intestare il caseggiato senza attendere la dipartita della proprietaria. Così, al momento del decesso si poteva partire subito coi lavori ma soprattutto avrebbero evitato chissà quante menate di burocrazia, notai, tasse di successione, mica uno scherzo.

La capirà lui, che conviene e non c'è niente di male?, chiede Bazzi Vinicio.

Perché non dovrebbe?, interviene la Sapienza Domestica guardando la figlia.

Bazzi Birce capisce che tocca a lei, ha una missione da compiere, ma decide di lasciar passare le feste.

Passate le feste, una sera, Ascolta ciccino.

8.

Erano a letto. Con la mano Bazzi Birce stava facendo un servizietto al Prinivelli.

Con la mano, non può fare altrimenti, perché gli deve parlare. Sussurra, va pianino perché lo deve tenere sul filo fino a che le prometterà di fare quello che sta per chiedergli. Ormai ha fatto sua l'idea, non c'è niente di male, anzi conviene. E, in fondo, l'Augusto può sempre dire no.

In quel momento l'Augusto non può dire né sì né no, non può dire niente, ha gli occhi sgranati, la bocca aperta, è concentrato sulla mano della Birce che diomio diomio.

È riguardo alla casa, comincia la Birce, il caseggiato insomma. Sapeva bene quali fossero le sue intenzioni una volta che fosse stato suo.

Però..., butta lì.

Il Prinivelli ha un fremito che lo scuote tutto. Bazzi Birce lo percepisce, deve rallentare. Anzi, si ferma un momento.

Il Prinivelli chiede, Perché?

Intende perché si è fermata.

Bazzi Birce ribadisce, Però...

Però, riprendendo su entrambi i fronti, aveva mai pensato che prima di diventare suo doveva intestarselo, pagare notai, le tasse di successione eccetera?

Si ferma, aspetta una risposta.

L'Augusto inghiotte, poi dice, No.

Un sacco di grane che si possono evitare, sussurra Bazzi Birce, mollando appena la presa, avvicinando la bocca all'orecchio del Prinivelli per dirgli, quasi sillabando, che basterebbe che la Tripolina...

Bazzi Birce capisce che il momento per l'Augusto è quasi arrivato, ha un respiro isterico. Allora stringe un po'. Secondo un consiglio che le aveva dato una sua compagna di scuola stringere ha un effetto ritardante.

Basterebbe che la Tripolina..., e si spiega.

Cosa ne pensi?, spara poi, sempre stringendo.

Avrà capito il Prinivelli?

Comunque risponde, Ma sì, ma sì.

Me lo prometti?

Sì, certo!

Siamo d'accordo allora, conclude Bazzi Birce riprendendo di buona lena.

Una decina di secondi e l'Augusto è bell'e sistemato.

9.

La mattina seguente Bazzi Birce fa un po' la smorfiosa.
Come sta il mio bel maritino?, scompigliandogli i capelli. Poi, una volta partito al lavoro, fila per riferire alla Sapienza Domestica di aver compiuto la missione.
Brava ma adesso siediti, le dice quest'ultima. Deve dirle una cosa che è necessario sappia. Ma che resti un segreto tra loro.
Ecco, la sera prima, mentre lei maneggiava l'Augusto, calcola mentalmente la Bazzi Birce, Bazzi Vinicio era andato avanti a parlare del caseggiato. Col Campari che aveva sottomano l'impresario edile giusto e lui che aveva un amico direttore di banca aveva detto che, fosse già roba loro, tempo sei mesi si poteva prima di tutto sfrattare la compagnia dei morti di fame che lo abitava, poi buttar giù quel cesso e tirarlo su nuovo novento, e con l'anno di grazia 1958 cominciare a costruire e poi vendere gli appartamenti facendoci dei bei soldi.
Però, aveva sospirato, finché la vecchia non firma…
Già, fa Bazzi Birce.
Già, le fa eco la Sapienza Domestica, ma…
Gli uomini credono di essere furbi, sussurra poi, ma noi donne lo siamo un po' di più. Non credi?
Sarebbe a dire?, si dipinge sul viso della Birce.
Bambina!, sbotta la Sapienza Domestica.
Non pensa che, una volta che l'edificio sarà del suo Prinivelli, in pratica nostro, non ci saranno più ostacoli?
Mi sembra logico, osserva la Birce.

E allora!, esclama la Sapienza Domestica con un sorriso allusivo.

Che il suo Prinivelli la convinca a firmare!

Ma se ti ho appena detto che..., fa la Birce.

D'accordo, interloquisce la Sapienza Domestica. A lui l'ha detto.

Ma, lui a lei?

Non le sembra il caso di fargli un po' di pressione, che non perda tempo? In fondo è nell'interesse di tutti, no? Anche della Tripolina volendo vedere, che così non si lascia dietro menate di tasse e tutte quelle robe lì e muore con la coscienza tranquilla.

10.

Ogni volta che va a fare pipì l'Augusto si ricorda di quella sera e del relativo servizietto. Poi, quando si dà una scrollatina, pure che ha risposto Ma sì, certo. Ha anche promesso. Quindi adesso ha due problemi: quando parlare alla Tripolina e come dirle una cosa del genere. Prima del quando viene il come.

La convenienza di diventare proprietario del caseggiato senza aspettare la morte della matrigna non gli sfugge. Adesso che gliel'hanno detto, perché prima non ci aveva mai pensato. Nemmeno però gli sfugge che, per quanti giri di parole possa inventarsi, non potrà evitare di far presente alla Tripolina che ormai, vecchia com'è, potrebbe schiattare da un momento all'altro. E, per quanto lei abbia già preparato il vestito da morta, non gli sembra che abbia intenzione di farlo a breve. Nel senso che, dopo un periodo, subito dopo il matrimonio, in cui gli era sembrata un po' persa, grazie agli appuntamenti con la Lisetta, i gatti e le chiacchiere, la sua zietta si era ripresa. Lei stessa gliel'aveva detto, lucidamente, che l'aver trovato un po' di compagnia aveva riempito il vuoto della casa dopo che lui s'era sposato. Era come se, aveva addirittura spiegato, ogni gesto della sua giornata avesse ritrovato un senso che si completava in quelle reciproche confidenze serali. Per non dire dei gatti. In sostanza lui non si doveva preoccupare, perché stava bene. Quindi, come andare a farle un discorso siffatto?

11.

Una sera l'Augusto confida i suoi dubbi a Bazzi Birce. Bazzi Birce non sa cosa dire però osserva che se parla alla sua zietta con quella faccia da piangina dà l'impressione di essere davanti alla sua tomba.

Su, su, un po' di quella roba!, lo invita, che in fin dei conti, cioè, in pratica l'edificio è suo, non stanno rubando niente a nessuno, e mentre lo afferma non diventa neanche rossa. Il Prinivelli le dà ragione, promette che adesso ci pensa bene, giusto il tempo di mettere in fila le parole adatte.

E bravo il mio bel maritino!, esclama Bazzi Birce dopo quel confronto.

Però, quanto gli ci vuole per arrivare al dunque?

12.

Passa un sabato, ne passa un altro, un altro ancora e arriva quello del giro dell'economia. Sabato 23 febbraio 1957, San Renzo. Sulla cima delle montagne della sponda di là c'è una spruzzatina di neve caduta durante la notte.
Da quando s'era confidato con la moglie l'Augusto non aveva più parlato della faccenda. Anche Bazzi Birce aveva evitato l'argomento. Aveva aspettato un sabato, l'altro, l'altro ancora. Fino a che era arrivato quello del giro dell'economia.
Non appena lui entra in casa lei sbotta, Allora...
Bazzi Birce ha previsto di fare una pasta visto che essendo sabato i due mangiano a casa loro, ha messo su l'acqua non appena lui ha suonato al citofono.
Allora?, chiede e alza un po' il gas.
D'accordo, Bazzi Birce non aveva più tirato fuori l'argomento ma era evidente che stava aspettando, al Prinivelli non era sfuggito. Come lo guardava ogni tanto, come contraeva le labbra, come gli puntava contro le canne del naso.
Lui chiedeva, Cosa c'è?
Lei, Niente, niente, ma col tono di chi sembra intendere ben altro.
Uno macigno alla fine il pensiero di dover parlare alla Tripolina. Così l'Augusto aveva deciso di risolvere la questione quel sabato. E allora, alla domanda della Birce, Allora, risponde, niente.

Niente come?

Niente, non vuole, punto e basta.

Ma è una balla, di parlare alla zia l'Augusto non ci aveva nemmeno pensato, immaginando però di cavarsela così.

Bazzi Birce lo fissa.

Il Prinivelli risponde controllando per terra se c'è polvere negli angoli della stanza.

Guardami, ordina lei.

L'Augusto ha un viso rosso come il naso di un clown.

A me le bugie non me le racconti, dichiara Bazzi Birce. Poi lo pianta lì e senza dire altro va a casa dei genitori perché va bene tutto ma lei c'ha fame. Intanto l'acqua bolle, si sente il rumore, si vede il vapore.

13.

Vedendola entrare, la Sapienza Domestica capisce al volo che la Birce non porta la lieta novella ma tempesta, le canne del naso non mentono. Dopo lo sfogo anche Bazzi Vinicio registra cos'è successo. Fa per dire qualcosa ma la Birce lo precede, dichiarando che adesso il marito gliela paga. La Sapienza Domestica, invece: Ascolta.

Spiega che solo gli asini si impuntano così, tanto che anche se li prendi a bastonate c'è niente da fare. Ma loro non sono mica asini e bisogna usare l'intelligenza. Quindi, se vuole darle retta, adesso deve tornare a casa, chiamare il Prinivelli e dirgli di andare a mangiare da loro, che tra l'altro ha fatto un risottino che basta per un reggimento, se no le tocca buttarlo via. L'Augusto nel frattempo ha spento sotto l'acqua e ha guardato nel frigo se c'è qualcosa.

Quando la Birce entra per dirgli di andare di là a mangiare con loro, pensa che gli faranno il processo.

Invece no.

La Sapienza Domestica gli mette sotto il naso una collinetta di risotto giallo con una sbroffata di formaggio in cima.

Gli dice, Mangia va', e chissà perché al Prinivelli che la guarda viene in mente la mozzarella.

Butta giù due o tre bocconi aspettando che si scateni la tempesta, ma non succede niente. La Sapienza Domestica gli chiede se è buono, lui risponde, Sì, è sincero, ma il risotto gli va giù a strangoloni, io...

Io niente, lo interrompe la Sapienza Domestica e ride e dice che era ora, che lei e Bazzi Vinicio stavano aspettando il momento del loro primo litigio da sposati.

Era ora, ribadisce, ci avevano messo fin troppo. Figurarsi che lei e Bazzi Vinicio avevano litigato già durante il viaggio di nozze! Il Prinivelli ricorda che proprio lei aveva detto che non l'avevano mai fatto, o almeno così gli sembra, ma sorvola.

Anche perché litigare fa bene ai matrimoni, afferma la Sapienza Domestica, a patto però che le cose poi si risolvano tra marito e moglie senza che nessuno ci metta il becco. I panni sporchi eh, dov'è che si lavano?, chiede e non attende risposta. L'ha detto anche a sua figlia Bazzi Birce quand'è entrata in casa sua con le canne del naso in aria, che si capiva che era inversa, le ha detto che non vuole sapere niente, lei e Bazzi Vinicio non vogliono entrare nelle loro cose. Se hanno litigato, fatti loro.

Siediti qui, le ha detto, tira il fiato, calmati e dopo va' a chiamare tuo marito che non si pianta lì un uomo da solo quando è ora di mangiare. Poi da bravi, dice al Prinivelli, risolvete la questione che a tutto c'è rimedio. Tranne a una cosa, riesce a dire Bazzi Vinicio ma la moglie lo fulmina, guai in quel frangente tirare in ballo la morte e i morti. Bazzi Vinicio si tappa la bocca.

Una volta rimasto solo con la moglie, Bazzi Vinicio chiede se adesso può parlare.

No, risponde la Sapienza Domestica.

Non l'ha forse detto lui che una volta in possesso dell'edificio in quattro e quattr'otto l'affare si fa?

Sì, conferma il Bazzi.

Questione di una firmetta, no?

Sì, di nuovo il Bazzi.

E non gli sembra che sia più facile ottenerla con le buone maniere anziché dichiarando guerra al marito come voleva fare la Birce?

Sì, va be', interloquisce il Bazzi. Però, anche ammettendo che la firmetta arrivi, fino a che la vecchia non muore...

La Sapienza Domestica fa un sorriso che somiglia a un gelato alla fragola.

Proprio vero che gli uomini si credono i più furbi!

Marito mio!, esclama e scuote la testa.

È così difficile capire che una volta arrivata la firmetta quel caseggiato diventa roba di famiglia proprio come quello che ha sposato la loro figlia? E che della roba di famiglia uno fa quello che crede?

14.

Gemma Imparati sta cominciando a provare un po' di insofferenza per quell'andare su e giù in treno. Per quanto breve sia il tragitto, un quarto d'ora ad andare e un quarto d'ora a tornare, è una mezz'ora che non ha sapore, inutile, fastidiosa come la sabbia nelle scarpe. Tempo perso insomma. Sarà anche perché si sta lentamente staccando da Colico e si sente sempre più inserita nel nuovo ambiente. Ha già un certo giro di amiche, o perlomeno signore che le dimostrano simpatia e passano al negozio anche solo per fare quattro chiacchiere. C'è anche più di un moscone che le gira intorno e le fa intendere che se volesse... Lei intende, accarezza il pensiero ma si chiede anche quando, dove: durante l'orario di chiusura, nel retrobottega? Non ha più vent'anni per fare quelle robe in macchina o in camporella. Se deve capitare, dev'essere come dio comanda se no si tiene la voglia che poi tra l'altro si spegne e sparisce del tutto quando si chiude in casa e si fa compagnia con un po' di radio, aspettando il sonno e il nuovo giorno. Così una bella sera le viene quel pensiero e si chiede anche perché non le sia venuto prima. È la prima volta che perde il treno delle diciannove e quindici perché mentre sta andando in stazione, sul ponte del Pioverna, si rompe il tacco di una scarpa e le tocca zompettare fino ad arrivare per vedere il culo del treno che imbocca la galleria. Si siede su una panchina ed ecco che le nasce quel pensiero che accarezza per tutta l'ora durante la quale aspetta il locale successivo. Perché non trasferirsi del tutto? Pagare un affitto su e pagarlo giù non è la stessa cosa, senza contare la comodità? Tra le ineffabili righe del pensiero si intrufola la faccia dell'Armando che riposa in pace nel cimitero di Colico. Trasferirsi sarà una specie di tradimento? Ma no, cosa c'entra, sono fisime. La memoria del marito l'ha sempre onorata, visite al cimitero e fiori freschi sulla tomba, e potrà continuare a farlo, non è che va ad abitare in Africa. Sul locale, che arriva alle otto e trenta perché è in ritardo di un quarto d'ora, il pensiero non la molla. Non si sente ancora bella decisa però, forse ci deve pensare su un po'. Basta una settimana avanti e indietro col treno per vanificare ogni dubbio. È la sera di venerdì 15 marzo, San Longino e Santa Luisa, l'arietta è fresca, c'è nessuno in giro, quando Gemma Imparati va a parlare con il ragionier Fasanello, non saprebbe a chi altri chiedere consiglio.

15.

Sabato 30 marzo, Sant'Amedeo, in piena Quaresima, dopo aver fatto il giro dell'economia, Augusto Prinivelli torna a Lecco ed entra in casa con in viso un sorriso furbetto. Bazzi Birce lo nota e pensa, Finalmente è fatta.
È fatta?, chiede.
Ascolta, dice lui.
Perché a suo modo di vedere ha avuto una pensata geniale.

L'idea gli era venuta una volta giunto a Bellano, in treno, quella mattina il Gioiello serviva a Bazzi Vinicio per fare un po' di scuola guida alla figlia che vuole prendere la patente. Quando ancora stava in attesa sul marciapiede della stazione era deciso. Cioè, credeva di esserlo. Dopo il sabato del risotto in casa Bazzi la Birce non ha più sfiorato l'argomento ma forse avrebbe fatto meglio a farlo anziché fissarlo ogni tanto senza parlare, al punto che lui una sera le ha chiesto, Cosa c'è?, e lei ha risposto, Lascia perdere. E quella mattina, quando lui ha detto, Vado su, lei ha risposto, Buon viaggio, ma molle molle. Va be' che era ancora a letto, ma all'Augusto era sembrato di capire che se anche non tornava indietro faceva lo stesso. Quindi era uscito da casa con la precisa intenzione di fare alla Tripolina il famoso discorso. Però, una stazione via l'altra, Abbadia, Mandello, Olcio, Lierna, Fiumelatte, Varenna, perfino Regoledo, il coraggio gli è venuto meno.

Era sparito del tutto quando non aveva trovato in casa la Tripolina, ma dov'era?, sarà mica successo qualcosa, s'era un po' spaventato. Invece quasi subito la voce della vecchina gli era giunta alle spalle: Eccoti qui! Ma dov'e-ri?, aveva chiesto lui e lei gli aveva detto che aveva fatto una scappata dalla Lisetta per fare due chiacchiere e s'e-rano anche messe d'accordo di cenare insieme quella sera. Una volta in casa l'aveva informato che ormai quasi tutte le sere dopo cena andava da lei a fare quattro chiacchiere, ma non glielo aveva già detto?, e una volta avevano pensato che magari potevano anche mangiare assieme di tanto in tanto. Avevano deciso per quella sera. Un po' di compagnia è quello che ci vuole per stare allegri, aveva sorriso la Tripolina. E così l'Augusto aveva cassato del tutto l'idea del famoso discorso perché nel frattempo gli era venuta quell'altra che a suo giudizio era la cosa migliore da fare. Quindi una volta tornato a Lecco mette al corrente la Birce della pensata, ancora convinto che sia geniale. Bazzi Birce ascolta e prima di rispondere aspetta un momento perché non vuole sbroccare.

16.

Il ragionier Fasanello aveva detto a Gemma Imparati di non preoccuparsi. Ha le mani in pasta un po' dappertutto, conoscenze. C'ha urgenza?, aveva chiesto.

Sì, no, un po'.

Lasci fare a me, aveva risposto. Giù a Bellano ha un contatto. Preferenze?, aveva chiesto il topino.

Mi bastano tre localini, aveva risposto la vedova.

17.

Fa un respiro profondo la Bazzi Birce prima di rispondere al marito. Deve reprimere la furia che sente crescerle dentro per non dare in escandescenze e magari far correre la Sapienza Domestica. Ma piano piano ha alzato e infine puntato le canne del naso mentre il Prinivelli termina di enunciare la pensata geniale. Che era la seguente.
Visto che lì, nel loro appartamento, avevano una stanza vuota, quella dei bambini che non volevano, quella degli ospiti che non avevano mai avuto...
Bazzi Birce aveva cominciato a corrucciare le labbra, il naso è già storto di suo.
Ecco, aveva proseguito il Prinivelli, aveva pensato di, solo pensato per il momento perché alla Tripolina non aveva ancora detto niente, ma insomma aveva pensato che...
Le canne di Bazzi Birce erano ormai ad alzo zero.
Potevano, insomma, dire alla sua zietta, era infine giunto al dunque l'Augusto, che se voleva avrebbe potuto trasferirsi lì da loro, dove per qualunque necessità avrebbe potuto sempre contare su qualcuno e una volta ambientata avrebbe facilmente compreso l'inutilità di tenersi una casa dove non abitava più e la relativa convenienza di passarla al nipote senza dover aspettare che. Su, aveva aggiunto il Prinivelli, non aveva altra compagnia che la Lisetta mentre qui...

107

Ma, Appunto!, lo interrompe Bazzi Birce.
Abbassa le canne del naso, pensa che sia meglio così. Meglio fare la moglie pietosa, la donna che arriva là dove gli uomini non riescono. È che l'idea di avere tra i piedi, per casa, dalla mattina alla sera la Tripolina non riesce nemmeno a contemplarla. Così, invece di chiedere all'Augusto se per caso è diventato cretino tutt'a un colpo, se gli ha dato di volta il cervello, morgnina morgnina gli dice, Ma ci hai pensato? Ci hai pensato bene?
L'Augusto fa cenno di sì.
Lei dice, Io credo di no.
Insomma, fa Bazzi Birce, non hai il coraggio di chiedere una cosa così semplice come una firmetta per evitare di buttare soldi in notai e tasse ma avresti quello di STRAPPARE, le labbra della Birce sono in grado di parlare in maiuscolo, STRAPPARE una donna dalla casa dove ha sempre abitato, portarla via dal mondo dove ha le sue abitudini, STRAPPARLA dall'unica amica che ormai le rimane, metterla in una condizione del tutto nuova, dentro quattro mura, quelle della stanzetta dove starebbe perlopiù in solitudine visto che lui lavora e lei c'ha comunque il suo daffare e non può certo starle sempre dietro.
L'Augusto è un po' in vergogna perché la Birce ha parlato con il tono di una candela votiva e si è sentito come se la moglie fosse più affezionata di lui alla povera Tripolina. Bazzi Birce comprende di averlo messo nell'angolo con la sua sparata, decide di approfittarne.
Se tanto mi dà tanto, se quella è la sua idea, non è meglio allora proporre alla Tripolina di andare in un posto dove sarebbe controllata, accudita, coccolata dalla mattina alla sera senza dover abbandonare il paese? Non c'è forse a Bellano una bella, moderna casa di riposo gestita da gentilissime suore?
L'Augusto non sa cosa rispondere, balbetta che di infilare la Tripolina all'ospizio non ci ha mai pensato, che gli sembra una cattiveria dopo tutto quello che ha fatto

per lui e poi a quanto ne sa l'ospizio è sempre pieno e in più gira voce che ci vogliono delle conoscenze, agganci insomma per ottenere un posto.

18.

L'aggancio del Fasanello in quel di Bellano è il Salamandra, lo stesso che gli ha dato la dritta per il frutta e verdura dove Gemma Imparati ha aperto la profumeria. L'ha soprannominato così lo stesso ragioniere, lo chiama anche così, ma solo tra sé. D'altronde ha una faccia butterata e a macchie su un fondo giallo ocra che sin da subito gli ha fatto venire in mente quell'animale. Al secolo il Salamandra fa Francesco Ziruddu liceo classico. Nel senso che quando si presenta declina nome, cognome e corso di studio.

Francesco Ziruddu era responsabile dell'ufficio di collocamento di Bellano, incarico che lo impegnava per un paio d'ore scarse nella giornata. Il resto del tempo lo occupava a trafficare per fatti suoi poiché discendeva da una famiglia di ambulanti e ne aveva ereditata la propensione a combinare affarucci. Dal paese natale, Arzachena, faceva arrivare vino. Ma anche olio dalla Calabria e pomodori per fare salsa dalla Sicilia. Il suo ufficio sembrava un emporio e nessuno mai aveva sollevato obiezioni anche perché non era esoso, sul venduto faceva creste oneste. A un certo punto aveva arricchito il giro aprendosi una finestra sul mercato immobiliare. Aveva cominciato per caso quando chiacchierando al caffè con uno dei due pizzicagnoli del paese era venuto a sapere che quest'ultimo aveva un appartamento da affittare, poca roba però, due stanzette con un cessetto, difficile da piazzare. Lo Ziruddu era stato zitto ma aveva tenuto presente la cosa e aveva risolto sistemando un maestro elementare siciliano, inquilino a modo, silenzioso, discreto come un gatto. Il pizzicagnolo s'era sdebitato fornendogli formaggi gratis per tutto un mese. Così il Salamandra aveva aggiunto alla lista dei suoi traffici anche quello e aveva preso a mettersi a disposizione di chiunque avesse qualcosa da affittare, fossero locali, cantine o garage. Stante il suo lavoro, diceva, gli veniva facile conoscere persone che avessero necessità di un buco dove riposare le stanche membra. Alcuni, non fidandosi del suo viso butterato, l'avevano mandato sul fico, ma in due o tre occasioni gli era andata bene e s'era messo in tasca un'onesta percentuale per la mediazione. Un traffico che alla fine gli aveva fatto gola, di poca fatica, giusto un buon uso della lingua, cosa che gli veniva bene stante il liceo classico, e delle orecchie che bisognava tenere sempre allerta.

Quando il ragionier Fasanello gli passa la richiesta di Gemma Imparati, la risposta del Salamandra è che per il momento non ha sottomano niente. Però, aggiunge subito dopo, se gli dà un po' di tempo per guardarsi in giro gli farà sapere qualcosa.

Basta che non ci voglia la vita eterna, chiude il Fasanello.

19.

Bazzi Birce invece ha deciso di chiudere la bocca e le gambe. Sciopero. Silenzio di sopra e di sotto. Da subito, sabato 30 marzo, giorno che di solito è dedicato a un cinemino dopo cena e poi a un saltino, posizione del missionario. Per parte del pomeriggio ha girato alla larga dall'Augusto, silenziosa e ingrugnita, fingendo di aver cose da fare in camera, in bagno, in cucina. Ha eliminato in fretta il terrore di avere la Tripolina tra i piedi, il pensiero della firmetta ha ripreso il primato. A un certo punto, senza dire niente, è andata dalla Sapienza Domestica per sfogarsi un po'.

Bazzi Vinicio non c'è, è uno dei sabati in cui controlla i conti con l'aiuto dell'impiegatina sdraiata sul divano, così le due possono parlare liberamente.

Parla per prima la figlia raccontando dell'idea malsana del marito e confessando che non sa più cosa inventarsi per convincere il Prinivelli a fare una cosa che non solo è semplice ma è soprattutto logica.

La madre l'ascolta senza cippare poi quando la Birce sospira e infine tace va in cattedra.

C'è poco da fare, afferma.

Se l'Augusto non vuole, se la vecchia non firma, allora niente. Forse è meglio lasciar perdere, abbandonare l'idea dell'affare. Un bell'affare senza dubbio ma è inutile picchiare la testa contro il muro. Inutile farsi il sangue cattivo, si vede che non era destino. Meglio non pensarci più. Anche Bazzi Vinicio l'ha detto.

Ah sì?, fa la Birce.

Ma sì, qualche sera prima parlando con lei le aveva detto che ormai aveva messo via l'idea. Lo sapeva, no?, com'era fatto suo padre? Abituato a trattare gli affari, se vanno, bene, se no, amen, pam pam!, avanti il prossimo. Peccato, perché in fondo si trattava di ottenere solo una firmetta.

Ma..., cerca di interloquire Bazzi Birce.

Ma, niente, altolà, fa la Sapienza Domestica abbandonando la cattedra per salire sul pulpito. Gli ha detto che prima di tutto, prima degli affari, fosse anche quello più grosso del mondo, viene la pace domestica. O vuole che quel matrimonio che non ha ancora un anno di vita si sfasci per colpa di una firmetta?

E lui?, chiede Bazzi Birce.

Se è per il loro bene..., ha detto.

Bazzi Birce tace, la Sapienza Domestica pure, ma guarda di sguincio la figlia e capisce. Capisce che ha innescato la miccia. Perché in tutto ciò che le ha raccontato non c'è una parola di vero, una fila di balle messe in serie con studiata precisione allo scopo di provocare la figlia.

Bazzi Vinicio in verità non ha mai rinunciato al progetto, anzi continua a chiedere se non ci sono novità, ha addirittura pensato di scendere in campo di persona e parlare a quattr'occhi col genero. Lei però gli ha detto di portare ancora un po' di pazienza, lasciar fare alla figlia. Solo dopo potrà intervenire per dare consigli. Tra l'altro bisogna tenere conto che se la vecchia nel frattempo, ottenuta la firma, non muore bisognerà muovere il passo successivo, cioè convincere l'Augusto a infilarla da qualche parte. Quindi, come già ha detto, una cosa per volta.

Non pensiamoci più, conclude la Sapienza Domestica dopo un momento di silenzio.

La Birce esce dalla casa natale con le idee chiare, inizia l'assedio. Prima di tutto lo sciopero. Al cinemino non rinuncia. Ma all'altra cosa, dopo, una volta a letto, sì. Se l'Augusto ha bisogno, che si arrangi da solo.

Finché arriva la mattina di sabato 6 aprile 1957, San Guglielmo e San Diogene. Sono le sette, l'alba è sorta da poco più di un'ora, quando in casa Bazzi Birce in Prinivelli squilla il telefono.

20.

Su quel punto Bazzi Vinicio era stato categorico.
Scuola guida?
Ma va là! Soldi buttati nel cesso.
La teoria d'accordo, se la doveva studiare Bazzi Birce, mica poteva andare lui a fare l'esame. Ma la pratica, quando aveva sottomano un padre che si poteva dire fosse nato col culo su una macchina...
Tutto un mese, almeno un paio d'ore al giorno a girare per Lecco e dintorni col Gioiello. Le precedenze, le frecce, la retromarcia, le inversioni a U, le partenze da fermo in salita. Ma poi quelle robe che se non ci stai attenta l'ingegnere ti frega, aveva sorriso furbo Bazzi Vinicio. Come ti siedi in macchina sistema subito lo specchietto retrovisore. Guardalo spesso mentre guidi ma non farlo solo con gli occhi muovi bene tutta la testa, deve vederti. Se poi quello ti dice, Va bene, torniamo in sede, sorpassi pure, te guarda se c'è la striscia continua. Occhio sempre, mi raccomando, perché i privatisti li fregano volentieri.
Ah sì?, aveva chiesto Bazzi Birce.
E certo torbolina, aveva risposto Bazzi Vinicio, non rendono, no?
Schiaccia bene la frizione, non grattare, non frenare di colpo, attenta alle strisce, precedenza ai pedoni...
Alla fine di ogni guida Bazzi Vinicio boccia o promuove secondo come gli sembra che sia andata.
Per la Birce è un tormento, quanto ancora deve dura-

re? La risposta è semplice, fino a che non arriva il sabato 6 aprile, giorno fissato per l'esame di guida, alle ore dieci e trenta del mattino.

21.

Chi è?, scappa detto a Bazzi Birce quando alle sette sente squillare il telefono. Il tono è incazzato, e si capisce. Perché aveva fatto il conto di dormire fino alle nove poi farsi un bel bagno, profumarsi, truccarsi, mettersi elegante per arrivare all'appuntamento con l'esame il più figa possibile, e invece.
Il telefono squilla.
Vai tu!, ordina al Prinivelli che ha dormito male, perché la Birce ha indetto lo sciopero.
Alza la cornetta e dice, Pronto?
Pronto, pronto, ma ci vuole un po' prima che dall'altra parte qualcuno risponda.

22.

Era la prima volta che la Tripolina usava il telefono. Prima di allora ci aveva un po' giocato, nel senso che aveva provato a fare qualche numero a caso ma senza alzare la cornetta, guardando incantata e un po' ebete il rotore girare. Dopo che glielo avevano installato, un sabato l'Augusto le aveva scritto su un foglio e in caratteri giganti i due numeri che poteva chiamare in caso di necessità, il suo di Lecco e quello del dottor Caraffa. Poi le aveva raccomandato di non dire niente ai morti di fame del caseggiato affinché non ne approfittassero. A nessuno, aveva insistito il Prinivelli, e men che meno ai Middia che avevano parenti giù e chissà cosa costava una telefonata in Sicilia. Ma, se voleva abituarsi a usarlo, poteva chiamare lui alla sera, quand'era a casa. Per parte sua aveva fatto un paio di telefonate di prova e calcolato fino a una quindicina di squilli prima che la Tripolina si decidesse a rispondere. Assente lui anche Bazzi Birce aveva provato a chiamare illudendosi che magari, vista l'età... Invece quando aveva sentito il Pronto esitante della Tripolina aveva messo giù.

Bazzi Birce fa finta di niente ma allunga le orecchie per sentire. Perché dopo la fila di Pronto, pronto, pronto l'Augusto è stato in silenzio per un po' poi è sbottato, ha detto, Ma com'è successo? Ma quando?

Allora ha pensato che forse la Tripolina è morta, trovata morta in casa da un vicino o chissà.

Intanto l'Augusto ha detto, Ma sì, vengo su, vengo subito.

Bazzi Birce si mette a sedere sul letto, il pensiero diventa certezza, la Tripolina è morta davvero, il caseggiato è loro, se quel cretino di suo marito avesse... Va be', pagheranno le tasse e quello che c'è da pagare. Se passa l'esame di guida, pensa, quella stessa sera smetterà lo sciopero. Tra l'altro è giusto sabato.

23.

La sera prima come al solito la Tripolina era andata a passare un'oretta dalla Lisetta. S'era portata come sempre un cartoccio di avanzi da gettare ai gatti nel cortile.

L'Osvaldo dal suo terrazzino le aveva guardate e aveva pensato che all'elenco dei lamenti forse valeva la pena di aggiungere anche quello. E che cazzo, già l'odore dei rifiuti che emanava dal locale li attirava come mosche sul miele, non gli sembrava il caso che quelle due vecchie sceme li abituassero a mettere su casa in cortile in attesa della cena. Una volta che le due s'erano ritirate, solo in casa com'era, il figlio già a letto, la moglie al lavoro, diciotto-ventiquattro, s'era guardato in giro, c'era nessuno alle finestre, e allora aveva pisciato sul roccolo di gatti che però non aveva fatto una piega.

La Lisetta aveva detto che le sembrava di sentire rumore di pioggia.

La Tripolina non aveva nemmeno sentito le parole della Lisetta.

Erano rimaste lì in cucina per un'oretta, la Lisetta seduta a capotavola, la Tripolina di lato, quasi senza parlare. Ogni tanto una delle due tirava un bel sospiro e chiudeva dicendo, E va be'... Allora l'altra rispondeva, Ma sì... Le due erano ormai alla frutta. Sospiri e mezze frasi erano la summa di tutto ciò che avevano da dirsi. E va be', alla nostra età..., Ma sì, non possiamo lamentarci...

La Lisetta aveva sbadigliato, guardandola la Tripolina si era ricordata che da qualche minuto aveva sonno. Era ora, a nanna. La Tripolina aveva chiesto se, visto che era in piedi, doveva chiudere persiane e portafinestra che dava sul cortile.

La Lisetta, Grazie, ci penso io, senza muoversi però dalla sedia.

Così l'aveva trovata la Tripolina la mattina seguente, sempre seduta, ma con la testa reclinata all'indietro e la bocca aperta.

24.

Bazzi Birce non resiste, deve sapere cos'è successo. Quando il Prinivelli ritorna in camera chiede.
È morta..., comincia l'Augusto.
Il pensiero della Birce corre alla Tripolina, vuole sentire quel nome. Passa un millesimo di secondo, una puntura di zanzara, uno schiocco di dita, tanto impiega l'Augusto a completare la frase.
...la Lisetta.
E, pam!, Bazzi Birce ricade sul cuscino.
O almeno dovrebbe, aggiunge l'Augusto.
Dovrebbe?, scappa alla Birce.
Sì, no, ma alla fine sì, non può essere altrimenti anche se la voce della Tripolina al telefono era imparpagliata, mezze frasi, sospiri, singhiozzi, povera donna, a quell'età bisogna capirla, chissà che spavento. In sostanza l'Augusto deve andare su a vedere, perché la zietta non sa cosa fare.
Gliel'ha detto e ridetto di tornare in casa, stare lì, non muoversi, che arriva lui.
In treno, puntualizza Bazzi Birce.
Si ricorda, no?, che quel giorno ha l'esame di guida, e suo padre la deve accompagnare in macchina.
L'Augusto guarda le ore. Prenderà il locale delle otto e un quarto.

25.

La Lisetta è morta stecchita, diagnostica il dottor Caraffa davanti al corpo ancora sulla sedia. Colpo secco, specifica, la morte migliore, farei la firma. Naturalmente alla sua età. Intorno alla sedia ci sono lui, il Prinivelli, che l'ha chiamato, e la Tripolina che non ha voluto sentire ragioni, li ha seguiti. E solo quando il Caraffa dice che la Lisetta è morta stecchita si mette a piangere come se l'Augusto non l'avesse capito e non glielo avesse già detto. Piange, farfuglia, Pensare che solo ieri sera ero qui, e indica la sedia dov'era seduta, e le aveva chiesto se le doveva chiudere persiane e finestra.

Appunto per quello la Tripolina s'era accorta di qualcosa. Erano le sei, sei e un quarto al massimo quando s'era alzata, aveva messo su a bollire un po' di latte e poi aveva aperto la sua di portafinestra, quella che dà sul terrazzino interno. Così aveva notato quella della Lisetta ancora aperta. Allora l'aveva chiamata. Lisèta!, O Lisèta!, e intanto il latte era uscito dal pentolino, si sente ancora l'odore di bruciato in casa. Nonostante, Lisèta!, O Lisèta!, la Lisèta non le aveva risposto. Ma se c'era già la finestra aperta voleva dire che era sveglia. O no? E allora perché non le rispondeva? Così s'era detta, Andiamo a vedere. E aveva bussato, e aveva suonato. Niente. E allora aveva provato la porta, che non era chiusa a chiave.

Posìbil che la Lisèta non avesse dato nemmeno una mandata? Cosa doveva fare?

Era entrata. E, una volta in cucina, Ossignùr, ossignùr, l'aveva trovata ancora lì, sulla sedia della sera prima ma con la testa indietro e la bocca così. Cosa aveva fatto? Era tornata indietro per chiamare qualcuno, poi s'era fermata, era tornata in cucina per guardare ancora la Lisèta, caso mai, ma era sempre lì ferma immobile, con quella bocca lì, allora s'era riavviata per chiedere aiuto a qualche vicino, poi però s'era ricordata che l'Augusto le aveva detto di non dire che aveva il telefono in casa e allora l'aveva fatto lei, Ossignùr, ossignùr, prima volta che chiamava ma l'Augusto le aveva risposto quasi subito, le aveva detto, Sta' lì, non muoverti, aspetta che arrivo.

26.

Quel sabato al cinemino Bazzi Birce ci va per conto suo. Sì perché il Prinivelli non se l'era sentita di lasciare sola la Tripolina. Innanzitutto sembrava essersi convinta che la Lisetta fosse davvero morta solo dopo che l'aveva detto il dottor Caraffa, Sì, sì, morta stecchita. Solo allora la Tripolina aveva chiesto, E adesso? E il Caraffa aveva risposto, Adesso vi lascio qui il certificato così poi i parenti possono chiamare le pompe funebri. Era stato a quel punto che l'Augusto aveva capito di essere incastrato. Parenti quali?, che non si sapeva dove fosse l'unico parente, mai visto tra l'altro, della Lisetta. Tutti dicevano Argentina e non sapevano nemmeno dove fosse quell'Argentina lì, primo. Secondo, come fare a rintracciarlo, c'era un indirizzo, un numero di telefono, qualcosa? E se anche ci fosse stato, venire dall'Argentina era mica come venire su da Lecco, cazzodibudda. Cosa facevano con la Lisetta, la lasciavano lì sulla sedia con tanto di bocca aperta fino all'arrivo del parente fantasma? Così alla Tripolina aveva detto, Ci penso io, l'aveva accompagnata in casa e aveva subito telefonato alle pompe funebri visto che il Caraffa gli aveva consigliato di sbrigarsi, la defunta si stava già irrigidendo e non c'erano casse da morto a forma di sedia.

Una volta arrivato il Cassa da Morto gli aveva detto che poteva provvedere anche agli annunci ma bisognava sapere quando sarebbe stato il funerale e mica poteva decidere lui, spettava al prete.

Così il Prinivelli era filato in canonica dove gli era toccato aspettare il prevosto per un quaranta minuti buoni. S'era messo d'accordo per il lunedì, ore quindici, e aveva fatto ritorno a casa dove il Cassa da Morto era ancora lì con la Tripolina. Di là, aveva detto, era tutto a posto. Però, aveva aggiunto, poiché non aveva visto comparire nessun parente della defunta, il conto a chi lo doveva mandare?

Bella domanda, pensa l'Augusto mentre dalla portafinestra della cucina entrano le note della campana a morto e Francesco Ziruddu detto Salamandra drizza le orecchie. Ma siccome manca poco a mezzogiorno decide di mangiare prima di entrare in azione. L'Augusto deve avvisare che non torna, chiama a casa sua ma non risponde nessuno. Allora chiama a casa di Bazzi Vinicio e gli risponde la Sapienza Domestica.

Peccato, aveva detto la Sapienza Domestica, perché avevano pensato di mangiare tutti assieme per festeggiare.

Cosa?, aveva chiesto l'Augusto.

La patente.

Ah già!, aveva risposto lui.

Promossa!

Bazzi Birce l'unica su quattro privatisti impallinati dall'ingegnere nell'arco di un quarto d'ora.

Te la passo, aveva detto la Sapienza Domestica.

Il Prinivelli era un po' sulle spine, temeva che la Birce gli dicesse che insomma, capiva, però, in fondo era sabato, l'unico giorno in cui potevano godersela un po', il cinemino alla sera, invece era stata tutta melassa.

Capisco, aveva detto Bazzi Birce, capiva bene che non poteva lasciare la Tripolina da sola in un frangente come quello, non si doveva preoccupare per lei. La patente, Massì!, l'avrebbero festeggiata il giorno dopo o quello dopo ancora, cos'era mai una sciocchezza del genere di fronte alla morte.

Soprattutto di fronte alla morte della Lisetta, pensa Bazzi Birce dopo aver deposto la cornetta, che lascia sola soletta la Tripolina, la sua unica amica, Swiss!, soffia tra le labbra, volata via in un amen, così che adesso sarà più facile far capire all'Augusto che la soluzione per la sua zietta è un bell'ospizio, e se c'è da ungere qualcuno ungeranno. Oppure l'Augusto preferisce che alla zietta capiti la stessa cosa, schiattare così, senza che nessuno se ne accorga, eh?, dice tra sé a mezza voce. Proprio un bel modo di lasciare questo mondo! Certo, riflette subito dopo, all'ospizio li curano i vecchi, c'hanno anche il dottore che passa tutte le settimane, stanno in compagnia degli altri ospiti così che a volte sembrano ritrovare qualche energia e campano magari ancora qualche anno. Quindi l'ospizio va bene, ma prima la firmetta.

27.

Lisetta chi, Lisetta quale?

Il Salamandra sa a chi chiedere chi è morto. È la Gnagnolina, che ha una piccola edicola in piazza. Parla in maniera un po' strana, gnagnera insomma, da cui il nomignolo. Sa tutto di tutti, vita morte miracoli, le orecchie non hanno difetti e raccolgono le novità che non vanno in cronaca.

È la Lisetta, risponde quindi ma, Lisetta chi, Lisetta quale? ribatte il Salamandra, lui di Lisette non ne conosce.

E la Gnagnolina, Gnà gnà, gli spiega chi è e dove abita. Anzi, abitava.

Cazzo!, fa lui.

Articolo per signora, risponde uno che è andato lì a prendere «La Gazzetta dello Sport».

Il Salamandra non coglie nemmeno la battuta, tra l'altro vecchia, perché è già lontano dall'edicola, entra nella cabina telefonica davanti all'imbarcadero per avvisare il Fasanello che ha sottomano l'affare.

Il morto, la morta anzi, è ancora fresca ma viveva sola, per intanto non ha ancora liberato i locali, li occupa quale cadavere, gli servono ancora due giorni di tempo, poi dopo il funerale parte all'attacco. Se quella, non si ricorda come si chiama, vuole cominciare a preparare le sue cose per il trasloco si accomodi.

Il Fasanello gli dice che la Gemma Imparati ha imbal-

lato quasi tutto già da tempo, vive ormai accampata, non vede l'ora.
　E te digli che l'ora sta per arrivare.
　Si dice dille, liceo classico!, sorride il Fasanello.
　Va' a cagare, ribatte il Salamandra.

28.

L'Augusto s'era illuso che la Birce facesse un salto a Bellano nel corso del pomeriggio. Magari non per la Lisetta morta, anche solo per fare un giro da sola con la macchina e dargli un salutino. E magari portargli un cambio, almeno di calze e mutande.

Alle due la Tripolina gli aveva chiesto se voleva mangiare qualcosa. Aveva risposto che doveva andare in bagno un attimo e poi le avrebbe dato una mano. Ma quando era tornato in cucina aveva trovato la Tripolina seduta e con la testa reclinata all'indietro come la Lisetta, le mancava la bocca aperta, spalancata. Dormiva. Allora l'aveva svegliata e l'aveva convinta ad andare in camera sua, doveva riposarsi un po' dopo una mattina del genere. Per il mangiare si sarebbe arrangiato, cioè aveva saltato in pratica, sbocconcellando un pezzo di formaggio colorato come un tramonto d'inverno.

Poi era cominciata la processione dei condomini condoglianti che l'Augusto aveva bloccato sulla porta di casa perché si capiva che avevano intenzione di ficcare il naso dentro lì, ci mancava che vedessero che la Tripolina aveva il telefono. Li aveva accompagnati lui dalla Lisetta.

Il sarto Benassi era stato il primo con la Clementina in lacrime e lui la sigaretta che gli pendeva all'angolo delle labbra, ma si può? Non aveva detto niente, s'era guardato in giro come a controllare lo stato della casa dove aveva vissuto la Lisetta.

La Clementina in lacrime invece aveva detto che portava le condoglianze anche del figlio prete con la forfora e poi che non si poteva lasciare sola la Lisetta. Se l'Augusto voleva, stava lì lei un po' a farle compagnia, il marito aveva risposto con una scrollata di spalle, Se ti diverti così. E la Tripolina come sta? Dorme.

Poco dopo era arrivato anche l'ex messo comunale con, meraviglia delle meraviglie, la figlia, quella dello sciacquone che tanto per non smentirsi quasi subito aveva chiesto se poteva usare il cesso. Il Prinivelli era rimasto lì davanti alla Lisetta con il Corti a fianco rigido e silenzioso come un militare, inalando il suo fiato di cipolla, in attesa dello sciacquone. Dopo un po' invece era tornata la figlia, ed ecco, in quel preciso momento al Prinivelli era venuto in mente a cosa assomigliava quell'essere, tale e quale, proprio tale e quale a quelle madonne di plastica con dentro l'acqua di Lourdes: una volta tornata dal cesso aveva avvisato che l'aveva fatta nel pitale della Lisetta, non aveva voluto turbare il silenzio della casa con il rumore dello sciacquone.

Il Middia, con la moglie occhiatterra, l'ha visto bene che si è toccato i coglioni davanti alla Lisetta poi sulla porta gli ha detto qualcosa che non ha capito.

Dorme, ha comunque risposto l'Augusto.

Poi alla fine era arrivato anche l'Osvaldo, da solo, la moglie fa diciotto-ventiquattro, gli aveva detto che se aveva bisogno di qualcosa glielo dicesse, che non doveva avere scrupoli, gli amici in fondo servivano anche per quello.

Sì, va bene, grazie, aveva risposto l'Augusto, ma era tutto a posto. E il figlio stava bene?, aveva poi chiesto per tagliare corto. Quel figlio cretino che disegnava gli indiani sui muri, avrebbe voluto aggiungere.

Sì, bene, grazie, aveva risposto l'Osvaldo, poi gli aveva detto di scusarlo se non si faceva il segno della croce davanti alla defunta ma lui non era tanto di chiesa però poi gli aveva messo una mano sulle spalle perché doveva chiedergli una cosa ma magari non lì, in casa della Lisetta morta, magari di là, in casa della Tripolina.

A proposito come l'aveva presa?

Dorme, aveva risposto l'Augusto, ma cosa c'è?

Ecco, aveva ripreso l'Osvaldo incamminandosi fuori, mi chiedevo, quando ormai erano nel corridoio esterno, non è che adesso ci aumentate l'affitto visto che viene a mancarne uno?

Il Prinivelli era stato lì un momento, altro che aumento, calci nel culo a tutti al momento buono aveva pensato. Però, Ma va', aveva risposto, che aumento e aumento.

Bene così, aveva detto l'Osvaldo, con quel tono diomio!, quel tono da saggio, da papà, come se avesse concluso una trattativa dei suoi sindacati. Salutami la Tripolina, aveva poi detto, l'Augusto stava per dire ancora che dormiva ma dal piano di sopra era arrivata la voce del sarto Benassi. Che andasse a dire alla Clementina di tornare a casa perché era ormai ora di pensare alla cena. Così l'Augusto si era liberato del Cremia per fare l'ambasciata alla Clementina che era saltata sulla sedia, Ossignore come vola il tempo!, e poi aveva chiesto come stava la Tripolina.

Dorme, aveva risposto l'Augusto. Forse però era meglio svegliarla, aveva pensato, ed era quasi arrivato alla sua camera da letto quando il campanello aveva suonato di nuovo.

La Birce, con le mutande e le calze, era stato il pensiero del Prinivelli.

Francesco Ziruddu detto Salamandra, invece, che si era presentato dicendo che aveva appena saputo ed era corso a rendere l'ultimo saluto alla vecchietta. Se la conosceva? Come no, è amico di casa.

Conosceva il parente, quello che dicono sia in Argentina?, aveva allora chiesto l'Augusto.

Francesco Ziruddu non ne sa niente di parenti, tantomeno di parenti in Argentina, ma non si fa prendere in contropiede. Così quando l'Augusto gli chiede se per caso sa come lo si può contattare, anche solo per dirgli che la Lisetta è morta, il Salamandra scuote la testa, borbotta di un cugino in seconda, sono anni che né lo vede né lo sente. Intanto ha dato un'occhiata in giro, tre locali, perfetto. Dopodiché saluta perché sta scendendo la sera, nella cucina è un po' buio e il naso della Lisetta ha cominciato a dare sul blu.

29.

Finalmente solo, l'Augusto era andato a svegliare la Tripolina. Appena entrato in camera gli era preso un colpo perché ancora una volta gli era sembrata morta anche lei. Stessa posizione della Lisetta nella cassa con le mani intrecciate sull'addome, le mancava il rosario e il naso un po' blu. Poi l'aveva svegliata. La Tripolina s'era guardata in giro, aveva chiesto che giorno fosse, sabato, che ore, le sette passate.

E tu cosa ci fai ancora qui?, s'era meravigliata.

L'Augusto aveva risposto che era per farle compagnia. La Tripolina aveva sorriso, Bravo, aveva detto, allora dopo cena andiamo assieme a trovare la Lisetta.

Massì, aveva acconsentito l'Augusto, pensando a un rosario. E di cena facciamo un bel riso e latte, aveva quasi esultato la Tripolina mentre la tristezza di quel piatto era scesa nell'animo del giovanotto. Solo che di latte non ce n'era più dopo quello bruciato la mattina ed era finita con un riso in bianco che in quanto a tristezza...

Così che l'avanzo la Tripolina l'ha fatto su in uno scartozzello sotto gli occhi dell'Augusto che non capisce e lei gli dice, Per i gatti. Quelli cui tutte le sere lei e la Lisetta buttano gli avanzi.

All'Augusto non sembra il caso ma non dice niente.

La Tripolina dice, Andiamo?

Andiamo, risponde l'Augusto.

Solo che.

30.

Sulla porta di casa della vicina, dopo aver aperto, la Tripolina dice, Lisèta, va' che bel giovanotto ti ho portato. In corridoio verso la cucina, Va' che però è già sposato, ed emette anche una specie di risolino perché, si ferma per spiegare all'Augusto, la Lisetta è un po' sorda e chissà se ha sentito.

Allora l'Augusto non regge più. Certo che è sorda, più sorda di così non si può visto che è morta.

Come morta?, chiede la Tripolina.

Ma non si ricorda della mattina, che l'ha chiamato lei per dirgli che era successo qualcosa?, indaga l'Augusto.

La Tripolina dice solo, Io?

L'Augusto non insiste, la prende sottobraccio, la accompagna in cucina dove il Cassa da Morto ha sistemato la Lisetta al centro del locale spostando il tavolo addosso alla portafinestra e coprendola con un telo nero. Anche se non vorrebbe, lo sguardo dell'Augusto va subito sul naso della Lisetta che è sempre più blu, una macchia nel viso diafano, come se avesse un buco.

La Tripolina sbatte gli occhi per un po', l'Augusto le chiede, Ti ricordi adesso che questa mattina..., ma la zietta comincia a piangere, Lisèta, Lisèta, adesso come si fa con quei poveri gatti.

L'Augusto non sa cosa fare, sta lì al suo fianco, aspetta che le passi, aspetta un quarto d'ora, mezz'ora, aspetta il sospiro finale quando lacrime non ce n'è più, per dire, Torniamo in casa?

La Tripolina non oppone resistenza, lo segue con un lamento sulle labbra, Lisèta, Lisèta, che all'Augusto sembra il ritornello di una canzone. Poi quando sono nella sua camera da letto la Tripolina gli chiede, Ma quando è successo? L'Augusto risponde, Domani ti racconto, le prende dalla mano lo scartozzello del riso avanzato, le dice, Adesso dormi un po'. E tu?, chiede lei. Anch'io, risponde lui.
Ma prima deve telefonare.

31.

Da casa non gli aveva risposto nessuno. Aveva pensato che la Birce fosse di là coi suoi, cosa ci stava a fare da sola. Da casa Bazzi Vinicio aveva risposto la Sapienza Domestica.
Bazzi Birce non c'è, è uscita, cinemino.
E lì come va?, aveva chiesto la Sapienza Domestica.
Così così, aveva risposto il Prinivelli, e le aveva raccontato che la Tripolina era un po', come dire?, turbata, confusa, d'altronde l'età.

32.

Il ragionier Fasanello sta spiegando a Gemma Imparati com'è l'appartamento che ha sottomano secondo come gliel'ha descritto il Salamandra. Intanto spiega, poi, dice, se lei vuole andare a dare un'occhiata lunedì, con la scusa di dare un ultimo saluto alla morta, può vedere coi suoi occhi. Tre locali come richiesto, il resto un po' così così. Nel senso che l'edificio è vecchio, nei tre locali ci abitava una vecchia, la mobilia è un po' vecchia e se la vuole sostituire con la sua ci vorrà un po' di tempo.

Gemma Imparati sorride e chiede, Quale mobilia?

Nella casa di Colico, spiega, di suo ci sono solo quattro sedie e una scarpiera che può lasciare lì o dare a un rigattiere. Quando lei e suo marito erano entrati era già arredata. Avevano pensato di cambiare questo e quello, è vero, ma col passare del tempo, con in testa l'idea di farsi una casa propria prima o poi, avevano lasciato tutto com'era. Continuavano a dirsi che erano lì di passaggio, invece a passare era stato solo il tempo nel corso del quale nulla era cambiato. E così avevano adottato come fossero loro i mobili che s'erano trovati a parte le quattro sedie e la scarpiera di cui aveva detto. Poi era successa la disgrazia dei funghi.

Di mio in questa casa ci sono piatti, padelle, forchette, vestiti, lenzuola, dice Gemma Imparati, la maggior parte della roba è già inscatolata, in mezza giornata posso trasferirmi.

Bon, fa il Fasanello, aspettiamo che la vecchia finisca

sotto terra e se l'affare va in porto e la casa le piace, a metà settimana, Trasloco, dice, e batte le mani.

Ma mi serve un furgoncino per trasportare il tutto, osserva la Gemma.

Il Fasanello fa la faccia di quello che niente e nessuno lo prende di sorpresa, figurarsi se non ha sottomano uno con un trabiccolo per trasportare quei pochi scatoloni. Si chiama Braccino, in verità ha il suo bel nome e cognome ma tutti lo chiamano così, e dispone di un mototriciclo Benelli 500 M36.

La Gemma non conosce.

Il Fasanello dice, Impossibile, è uno che ha una gamba di legno.

Allora la Gemma si ricorda, una volta in mezzo a un po' di clienti se l'era tolta in ferramenta sotto gli occhi di tutti tanto per ridere.

33.

Entrando in garage Bazzi Birce sfrisa il Gioiello, osserva il danno, decide che quasi non si vede, e comunque l'ha trovata così uscita dal cinema. Fila subito in casa.

La Sapienza Domestica la sente arrivare, va da lei per dirle che il Prinivelli ha chiamato, le cose su vanno così così, la Tripolina è un po' fuori di testa.

Chiamalo, consiglia la Sapienza Domestica.

La Birce ci pensa, ma è un po' tardi, magari dorme.

Domani, decide allora.

34.

L'Augusto fatica a prendere sonno, non ricordava più il ciocco che fanno i clienti del bar Sport sotto casa chiacchierando ad alta voce fuori in strada dopo che il locale ha chiuso. Si gira di qua, si gira di là. Quando si gira di qua riflette che non può mica lasciare sola la Tripolina almeno fino a dopo il funerale, e va be'. Quando si gira di là pensa, E dopo?
Dopo, boh, si risponde.
Si mette una mano in mezzo alle gambe, magari così poi gli viene sonno ma ci trova un fagiolino che non ne vuole sapere. Le voci di sotto si salutano, il silenzio cala di botto, cala dal cielo, si leva dal lago, sorride, ride, sogghigna. Padrone si accomoda nella stanza, gli dice, E adesso? E dopo? Ci sarà da fidarsi a lasciare sola la Tripolina dopo il colpo della Lisetta? Rispondi p.i., perito industriale, Augusto Prinivelli. Sì, va bene, ci penserò ma intanto speriamo che domani Bazzi Birce faccia un salto su e si ricordi di portarmi almeno mutande e calze.
I gatti affamati dal cortile di sotto miagolano, il silenzio si macchia un po'.

35.

La cler del bar Sport sbadiglia alle cinque spaccate, una sberla al silenzio, lavoro è lavoro, domenica o non domenica.
Parte il fritto Middia.
Poi la messa alla radio della Clementina che risponde e canta, canta che si strozza per arrivare alle note più alte.
Scrosciano gli sciacquoni e suonano le campane.
Un rapido sorriso anima il viso del Prinivelli, tutto quel traffico rompe i coglioni a quel coglione dell'Osvaldo Cremia, che crepi di nervoso. Poi pensa che forse tutti si sono dimenticati che in quell'edificio c'è una morta. È sola nella sua bara, che aspetta il lunedì. Come avrà passato la notte tutta sola nella sua casa? Chissà il naso se è diventato ancora più blu. Il Cassa da Morto ha detto che passerà in mattinata a chiuderla.
Sono quasi le nove, l'Augusto sente uno sbattere di sportelli. E pam! e pam!, viene dalla cucina. È la Tripolina, chissà cosa sta facendo.
L'Augusto si alza e si avvia, ma piano piano. Non vuole che le venga un colpo vedendolo comparire all'improvviso, che magari si è dimenticata che ha dormito lì. Invece la Tripolina lo guarda, saluta e dice che sta cercando la moka per fare il caffè.
Era qui fino a ieri e adesso dov'è?
L'Augusto le dice, Ma no, la moka è bruciata, l'ha buttata via lui mesi prima, non si ricorda?
E adesso come facciamo a fare il caffè?
Ma suona il telefono.

36.

Bazzi Vinicio si era alzato alle sette e mezza, abitudine, primo in casa, primo in ditta. Alle otto è uscito a prendere il giornale e l'edicolante gli ha fatto notare lo sfriso sulla fiancata del Gioiello. Ha masticato un dioqualcosa e si è preparato a dirne quattro a Bazzi Birce. Poi ha fatto un giro lungo per calmarsi un po', perché toccategli la moglie (ma chi ormai se neanche lui...) ma non la macchina. Una volta rientrato però si trova nel bel mezzo di un consiglio di famiglia. Perché non si poteva evitare una volata su, a fare una visitina.

Era stata la Sapienza Domestica a dire, il Bazzi assente, che sarebbe stata una cosa da fare.

Bazzi Birce era andata lì a bere il caffè. Questione di educazione, aveva aggiunto, un po' di buona creanza ci vuole. Sembrava avere il naso più storto del solito, forse ci aveva dormito sopra. Aveva risposto, Perché mai, non è mica morta la Tripolina, magari!, e quella Lisetta manco si ricordava che faccia avesse.

Sono d'accordo, aveva ribattuto la Sapienza, ma magari tuo marito si aspetta...

Bazzi Birce aveva atteso di sentire cosa si poteva aspettare l'Augusto. La Sapienza Domestica aveva approfittato di quel silenzio per lanciare l'offerta, Ti faccio compagnia dai, così ne approfitta perché non vede l'ora di rendersi conto di com'è fatto quell'edificio di cui fino a quel momento ha solo sentito parlare. In un paio d'ore con la macchina andiamo e torniamo, calcola.

Bazzi Vinicio entra in casa sulla parola macchina.
Chi ha sfrisato il Gioiello?, butta lì.
Che sfriso?, rimbalza Bazzi Birce.
La Sapienza Domestica fiuta il temporale.
Te va' a telefonare, dice alla figlia.
Bazzi Birce approfitta.
Telefonare a chi?, chiede Bazzi Vinicio.
Adesso ti spiego, mentre la Birce si invola.

37.

Il caffè c'è ma chissà dov'è finita la moka, sta ripetendo per l'ennesima volta la Tripolina.

L'Augusto non sa più come dirglielo, le ha anche fatto vedere l'imbocco della condotta dove l'ha buttata. Spera che adesso non tiri fuori qualche storia sulla Lisetta ma sembra che se ne sia dimenticata, sarà un bene o un male, non lo sa.

Quando suona il telefono.

Il tono della Birce è uguale a quando gli dice di tenere a posto le mani. Farà un giro su, nel pomeriggio, con la Sapienza Domestica, per vedere se ha bisogno di qualcosa. Sì, risponde lui, portami un paio di mutande e uno di calze.

38.

Sul treno l'odore di sudore è più intenso la domenica rispetto agli altri giorni. Strana cosa visto che è quasi vuoto.

Gemma Imparati non ce l'ha fatta ad aspettare lunedì, si è messa in ghingheri, vestito scuro che tira un po' sul didietro, sta andando a fare una visita di condoglianze. Sa giusto il nome della morta, Lisetta, non ha pensato a una scusa per giustificare la sua presenza né ci vuole pensare, in quelle occasioni nessuno ti chiede perché e percome. Si entra, si sta lì qualche minuto, si prega, segno della croce e via. Quando è morto l'Armando ne ha così vista di gente che non conosceva eppure le diceva Che disgrazia, Condoglianze, Così giovane... Appunto, quando è morto l'Armando. È la prima volta da allora che salta l'appuntamento al cimitero e cerca di chiedere scusa ma capisce di non essere del tutto sincera. Cioè, in un certo senso le spiace ma non è mai riuscita a credere che l'Armando potesse vederla, sentirla e anche risponderle, non certo da sotto due metri di terra, ma dall'alto dei cieli come ha detto il prete in chiesa. E anche nel caso, per una volta che salta l'appuntamento mica muore nessuno, cioè, insomma, ecco. Anche perché, metti che ci fosse stata lei al posto suo, morta lei insomma, l'Armando cosa avrebbe fatto? Sarebbe andato avanti con la ferramenta sicuro, e sicuro, infoiato com'era per i funghi, mica ci avrebbe rinunciato. In pratica avrebbe continuato a fare la sua vita. Ma visto che è lui che non c'è più...

Il controleur la richiama alla realtà. Biglietto, Bellano, è la prossima.

Gemma Imparati si sistema il vestito che ha fatto un po' di pieghe sul didietro, scende e si avvia lungo il viale che esce dalla stazione.

Sono le tre meno un quarto del pomeriggio, due bambini con le orecchie a sventola girano in bicicletta, un'immagine per niente felice, girano a vuoto, pensa Gemma Imparati, l'immagine della lapide dell'Armando in testa, con la foto di dieci anni di meno. Sul portone d'ingresso c'è un avviso: «Per visite alla defunta suonare Giulini». L'ha messo il Prinivelli dopo che il Cassa da Morto è passato a chiudere la bara e lui ha chiuso la porta di casa. L'ha fatto per prudenza, si sa mai con certe teste che ci sono in giro.

Verso le due la Clementina era scesa per vedere se avevano bisogno di qualcosa.

No grazie.

E la Tripolina come sta?

Sta bene, grazie, aveva risposto l'Augusto. Adesso aveva finalmente capito che la moka non c'era più, come la Lisetta, e bisognava comperarne un'altra. Di moka.

Gemma Imparati legge il cartello, sale una scala e suona Giulini.

39.

L'hai sfrisata tu la macchina?, chiede la Sapienza Domestica, poco prima di partire per Bellano.
Io no, risponde sicura Bazzi Birce. Trovata così, dopo il cinemino.
Gliel'ha detto e ridetto anche al Bazzi Vinicio, Trovata così dopo uscita dal cinema, e alla fine lui ha dovuto mollare.
Crediamoci, ha sospirato e dal terrazzino di casa le ha guardate partire, Bazzi Birce al volante.
Alla guida la Birce è una bestia, ce l'hanno tutti con lei, Cosa fai, cretino, sta' in là, muoviti, le luci, e la freccia? Appena fuori Mandello, sul breve rettilineo, deserto, verso Olcio Bazzi Birce esclama, Cristo!
La Sapienza Domestica non capisce, chiede conto.
Niente, risponde la Birce, si è dimenticata delle mutande e delle calze che l'Augusto le ha chiesto, e va be'.
E va be', pensa il Prinivelli, quando apre la porta di casa sperando di vedere la Birce e la Sapienza e invece si trova faccia a faccia con Gemma Imparati che, Scusi, dice, ho letto il cartello di sotto e…
Sì, sì, fa l'Augusto, l'accompagno.

40.

I due bambini con le orecchie a sventola stanno ancora girando sul viale sterrato che porta alla stazione quando Gemma Imparati lo percorre a ritroso dopo la visita di condoglianze. Ma forse non girano a vuoto come aveva pensato prima. Piuttosto si accontentano di quello che hanno per il momento, meglio del niente e certo in attesa di qualcosa di più. Mica sarebbero stati bambini per sempre e per le orecchie avrebbero potuto farsi crescere un po' i capelli e coprirle.
Nella casa, davanti alla bara per fortuna già chiusa, Gemma Imparati aveva più che altro respirato l'odore di vecchio che c'era nell'aria. Perché il Prinivelli l'aveva lasciata da sola, Mi chiami quando va via, aveva detto. E lei, un Requiescat e un segno di croce, poi aveva dato un'occhiata in giro. Non c'era definizione migliore di quella che le aveva fornito il Fasanello, tre locali così così. Ma l'odore di vecchio più di tutto, che sarebbe bastato aprire un po' di finestre, far correre aria per scacciarlo. Aveva guardato nella camera da letto, fatto su e giù nel corridoio, detto qualche frase ad alta voce per immaginarsi già lì. Poi ha sentito il rumore di un treno arrivare, frenare, partire. D'istinto ha pensato che fosse il suo, quello che deve prendere per tornare a casa. Ma non può essere passata già un'ora. Allora è uscita, è tornata a suonare Giulini e al giovanotto ha detto, Ancora condoglianze, grazie, arrivederci. Di aver detto arrivederci però si rende conto solo dopo, sul viale sterrato, quando rive-

de i bambini. Le piacerebbe chiedere loro cosa vogliono fare da grandi. Tace perché probabilmente la prenderebbero per matta. Però, Arrivederci bambini, le scappa di bocca. Quelli manco la guardano. Gemma Imparati pensa che magari una delle loro mamme è una sua cliente. L'odore di vecchio le è già sparito dal naso, in fondo basta aprire un po' di finestre, far correre aria.

41.

Non corri un po' troppo?, chiede la Sapienza Domestica dopo che la Birce ha parcheggiato nel viale sterrato che porta alla stazione. Sono quasi le quattro.
Guida sportiva, risponde Bazzi Birce.
Ha sollevato una nuvola di polvere dentro la quale i due bambini in bicicletta si infilano. Una volta davanti all'edificio la Sapienza Domestica dice, Certo che è ben brutto.
Questo è niente, fa Bazzi Birce che una volta dentro alza le canne del naso, Senti?, chiede alla madre.
Sento, risponde la Sapienza, cos'è?
Spazzatura, rifiuti che restano due, tre, forse anche quattro giorni nello sgabuzzino che dà sul cortile a marcire, a fermentare allegramente fino a che arriva qualcuno a portarli via.
La Sapienza Domestica mette su la faccia da città che consiste nell'atteggiare appena le labbra come se stesse per dare un bacino e nello sbattere con regolare cadenza gli occhi come se non potesse credere a ciò che vede. Sta dietro la figlia che sale le due rampe di scale picchiando i tacchi, conosce l'ambiente, guida, suona, secca, due colpi rapidi, drin, drin. Il p.i., perito industriale, Augusto Prinivelli esce da un mezzo sonno.

42.

Al pranzo aveva pensato lui, aveva fatto una pasta col pomodoro, quello che c'era in casa. La Tripolina ne aveva mangiate due o tre forchettate, più di uno spaghetto le era scappato di bocca, poi s'era fermata e aveva detto, Magari la Lisetta ha chiamato e nessuno l'ha sentita.

Anche lui aveva messo giù la forchetta, aveva pensato, Meno male che ha capito che la Lisetta non c'è più. Poi aveva cercato di consolarla.

Ma no, ma dai, anche il dottor Caraffa l'aveva detto, colpo secco, e poi c'era l'età.

E già l'età, aveva mormorato la Tripolina e l'Augusto aveva capito di aver toccato il tasto sbagliato.

Dai mangia, aveva detto, ma non c'era stato niente da fare, anche a lui l'appetito era passato del tutto.

Sparecchiare, buttare gli avanzi nel condotto dei rifiuti, Pensare che con la Lisetta li davamo ai gatti, sospira la Tripolina. Lavare i piatti, asciugarli. Perché se chiamava magari potevo sentirla.

E dai, che è inutile, col senno di poi.

Perché in questa casa si sentono quasi tutti i rumori lo sai?

Come se lui non si ricordasse la messa della Clementina, lo sciacquone di quella che piscia trenta volte al giorno, i Middia che parlano o litigano che tanto è lo stesso, il figlio cretino dell'Osvaldo che corre nel corridoio, roba che a pensarci all'Augusto verrebbe la voglia di andare casa per casa, subito, adesso e dire, Vedrete che fine vi faccio fare quando arriva il momento. Era stato un minuto in cui la fantasia gli aveva preso la mano come se non esistesse nessuno oltre a lui, nemmeno la Birce. Un intero minuto. Adesso basta però, sta arrivando.

Dopo pranzo l'Augusto aveva proposto alla Tripolina di fare un riposino, domani c'è il funerale.

Gemma Imparati era appena scesa dal treno, il tempo di arrivare lì, suonare Giulini e la Tripolina dormiva.

Poi anche lui, un mezzo sonno, quando la sconosciuta era andata via da un quarto d'ora dopo essere arrivata. Gli era caduta addosso quella bambola, stando lì seduto in cucina, nel silenzio interrotto solo da qualche grido lontano di un paio di bambini con le orecchie a sventola che giravano sullo sterrato che porta alla stazione. Gli occhi fissi su niente a sentire la stanchezza dei pensieri che continuavano a portarlo lì dov'era senza la forza di opporsi, dire, No, vi sbagliate, ormai ho cambiato vita. E quelli a insistere, Sì, certo, come no, fatti anche tu un bel sonnellino che poi ne parliamo.

Il Prinivelli c'era quasi cascato, per poco non s'era fatto prendere dall'insensata paura di essere di nuovo prigioniero di quel posto. A salvarlo, drin drin!

43.

Meglio dirlo subito, calze e mutande se le era dimenticate, spara Bazzi Birce ancora sulla soglia di casa. Alle sue spalle la maschera cittadina della Sapienza Domestica socchiude appena gli occhi.

Poi, Cos'è, chiede la Birce, dormivi? C'hai una faccia...

Ma no, risponde il Prinivelli, è la Tripolina che dorme, spiega, teniamo bassa la voce, e si mette un dito sul naso. E a proposito di naso, poco più di un giorno che non vede quello della Birce e gli sembra più storto di come ricordava. Intanto fa strada verso la cucina, dice, Accomodatevi.

Ma no, fa Bazzi Birce, stiamo in piedi, sono andate su giusto una volata per vedere come andava, se aveva bisogno di qualcosa a parte calze e mutande che si è dimenticata, insiste, come volesse dire che quasi l'ha fatto apposta.

Allora come va?

L'Augusto sospira, spiega che piano piano la zietta si sta riprendendo, all'inizio faticava a capire, era un po' stordita, straparlava, non si era ancora resa conto, insomma...

La Sapienza Domestica intanto gira intorno al tavolo, dà un'occhiata dalla portafinestra, si ferma un momento a guardare due bambini con le orecchie a sventola che girano e girano con le biciclette sul viale sterrato che porta alla stazione, guarda i quadri sgangherati dei morti di casa, la cucina economica, il lavello di sasso, il verdino lavabile che copre metà parete, una mattonella che balla, la fa ballare un paio di volte con la punta del piede, il suo viso ha ormai assunto l'aspetto di un imbuto, fino a che giunge davanti a quel quadrato che si apre nel muro e sbotta, È questo?

Sì, certo, è proprio quello, è l'imbocco della condotta per lo scarico dei rifiuti condominiali. Glielo conferma la Birce con un semplice cenno del capo. Perché ha appena finito di chiedere all'Augusto, E dopo?

Dopo il funerale, passato quello, che intenzioni ha con la sua zietta? Domande uscite da quegli occhi supplementari che sono i buchi del naso, puntati su di lui quando l'Augusto le ha comunicato che avrebbe intenzione di fermarsi anche quella notte, tornare a casa dopo il funerale, per quello gli serviva un cambio di calze e mutande.

La Birce gli ha risposto che se è per quello può comperare le une e le altre domani mattina, ci sarà bene una merceria in quel paese, o no?

Ma dopo, passato il funerale, che intenzioni ha con la sua zietta?

Alla Sapienza Domestica piacerebbe avere un sasso o qualcosa del genere da buttare in quel condotto per sentire il rumore che fa.

Be', cerca di cavarsela l'Augusto, ne parliamo domani sera, d'accordo?

Bazzi Birce risponde che ne hanno già parlato, parole parole, adesso bisognerebbe prendere una decisione. Per intanto decide che è ora di tornare giù a Lecco, ormai è una mezz'ora che sono lì, Salutaci te la zietta.

L'Augusto le accompagna fino alle scale, davanti alla porta oltre la quale c'è la Lisetta sola e già chiusa.

I tac tacchi della Birce risuonano nel vuoto della tromba poi si chiude il portone e torna il silenzio.

Poi cosa succede?

Niente di che. Cala la sera, cala la notte che parla muta

cui risponde il muto dei clienti del bar Sport perché la domenica è finita, si va a dormire, domani è lunedì 8 aprile, Sant'Alberto Dionigi, l'alba sorge alle ore cinque e quarantuno minuti.

Il Salamandra fuma Stop senza filtro. Morirà di cancro nel 1960. Ma per intanto alle tre e qualcosa del pomeriggio dell'8 aprile 1957 è lì che fuma beato sul sagrato della chiesa in attesa che finisca la messa della Lisetta. Di funerali non ne ha visti molti, ma quello lì è proprio sgangherato, come si dice, quattro gatti, sono quasi di più gli addetti delle pompe funebri che gli invitati (ma si chiamano così quelli che partecipano a un funerale?). Comunque lui è lì mica per la morta ma per la casa che la morta ha lasciato libera.

La sera prima il Fasanello gli ha telefonato che la Gemma Imparati ha visto la casa, le va bene, è pronta al trasloco, quindi bisognerebbe chiudere la faccenda piuttosto in fretta prima di farsi fregare da qualcun altro. Lui ha risposto, Ci penso io e alle tre dell'8 aprile si è piazzato davanti alla chiesa, sigaretta in bocca e lo sguardo da investigatore privato. Ha inquadrato la Tripolina quando è arrivata passin passetto al braccio di suo nipote.

Fuma, aspetta e fuma per tutta la durata della messa. È intenzionato a non mollarla un secondo, curare che nessun estraneo le si avvicini, seguirla anche su, al cimitero, per quanto eviterebbe volentieri di farsi tutta la scalinata, ma la fortuna è dalla sua. Infatti, finito il servizio funebre la Tripolina esce sempre attaccata al braccio del nipote e riprende la strada di casa. Si vede che è stanca e non se la sente di andare fino al cimitero.

Stanca di troppi passi, troppa luce, troppo ossigeno in quel primo pomeriggio in cui la temperatura già spalanca finestre.

Scendendo le scale la bara della Lisetta, leggera leggerissima, ha urtato un paio di volte nel muro lasciando due bei segni. Siamo sicuri che dentro ci sia qualcosa?, ha mormorato uno dei portantini dopo aver infilato la cassa nel carro funebre.

La Clementina ha rappresentato l'intero caseggiato, di lato alla Tripolina, pronta a darle il suo braccio nel caso che.

Il bar Sport ha tirato giù la cler a metà ma una volta sparita la coda del corteo, se mai una decina di persone fa un corteo, l'ha ritirata su.

Al Prinivelli è sembrato che il prete avesse parlato come se fosse stato a tavola, appena finito di pranzare, non c'è tragedia in quel funerale, solo la morte dopo una lunga vita e quell'altra vita dopo la morte. Poi si è perso via con le geometrie del soffitto della chiesa, archi, volte, travetti. Così la messa è finita e già avviandosi aveva sentito addosso un tremolio dovuto alle gambe della Tripolina attaccata più forte al suo braccio. Si era fermato prima di uscire nella luce che schiaccia le ombre e aveva chiesto alla zietta se se la sentiva di salire al cimitero, magari insieme a quello delle pompe funebri, sul carro.

La Tripolina aveva guardato la piazza come se avesse paura.

L'Augusto aveva detto che forse era meglio tornare a casa.

44.

Il Salamandra è lì che guarda, fuma, aspetta e fuma. Il prete arriva alle spalle dei due, capisce la difficoltà, dà una carezza alla testa della Tripolina, le sussurra qualcosa all'orecchio. Si avvicina a quello delle pompe funebri, gli dice due parole. Quello dice qualcosa a sua volta, Solo un momento. Poi si avvicina al Prinivelli. Il conto, il conto del funerale, a chi lo deve mandare? L'Augusto non sa cosa rispondere, quello aspetta. Lo mandi a me per intanto, risponde alla fine. Poi, pensa, si vedrà. Bon, fa quello e in un battibaleno la piazza si svuota.

La Tripolina si attacca anche al braccio della Clementina.

Lungo il viale che porta alla chiesa i tre disegnano un'ombra che sembra una emme. Così pensa il Salamandra che li segue a distanza. Poi si piazza al bar Sport con un fare segreto, aspetta un'ora, fuma, quando vede il Prinivelli andare verso la stazione che sono quasi le sei, spegne la Stop e parte.

45.

Il p.i., perito industriale con specialità in disegno meccanico, Augusto Prinivelli non sa cosa fare con quello che la zietta gli ha detto poco prima. Quando anche la Clementina era andata via e li aveva lasciati soli.

S'erano seduti tutti e tre in cucina, la Clementina sospirosa, la Tripolina zitta e lui pure. Per una volta non gli era dispiaciuta la presenza dell'alito cagliato della Clementina. Poi quella però era andata, l'ordine era arrivato da sopra, due colpi di catarro nella tromba delle scale, il sarto che reclamava con il solito, forse unico pensiero in testa, Va bene tutto ma bisogna occuparsi anche della cena.

E l'Augusto aveva considerato che anche lui doveva andare, il treno alle sei, cosa dire, come fare.

La Tripolina aveva giusto aspettato di essere sola con lui per dirgli quella cosa.

Lui aveva subito ribattuto, Ma va'.

Lei l'aveva ripetuta nella luce che ormai stava calando, l'orario del treno quasi prossimo. Gli ottant'anni della zietta si erano presentati alla finestra di cucina, in quel quadro immutabile di paesaggio che anche l'Augusto avrebbe potuto descrivere a occhi chiusi. Come tutti i quadri muto, usurato dagli sguardi.

Non pensi anche tu che sia meglio per tutti?, aveva chiesto la Tripolina. Se l'incombere della solitudine può far dimagrire era accaduto in quel momento. Agli occhi dell'Augusto la sua zietta era diventata una specie di riassunto di quello che era stata, come se avesse lasciato la carne in chiesa, bastandole ormai solo le ossa. Certo il vestito da morta ci aveva messo del suo. Deve andare però.

Non volevo darti un dispiacere, ma è meglio così, dice lei.

Lui non risponde, la bacia quel tanto per sentire l'odore che il funerale le ha lasciato addosso. Poi si avvia, lei dietro. Infine saluta, scende le scale, punta verso la stazione, il Salamandra lo vede, spegne la Stop e parte all'azione. L'Augusto è già sul treno e non ha ancora deciso su cosa fare riguardo a ciò che la zietta gli ha detto. Poi ci pensa e capisce.

Francesco Ziruddu, liceo classico, Se posso entrare.

La Tripolina un attimo prima di aprire per un momento aveva pensato al parente lontano della Lisetta, quello dei vaglia un mese sì e tre no, se poi arrivavano davvero.

Le rubo un minuto, se mi fa entrare le spiego.

Mio nipote è appena andato via, ribatte la Tripolina.

Ma Francesco Ziruddu liceo classico non ha bisogno del nipote.

È lei, no?, la proprietaria del caseggiato. È una frase che, come dire?, scaccia un peso che aleggia nell'aria, cancella pure le ombre del ritorno a casa, soffia via l'odore del funerale.

La Tripolina si raddrizza, Sì, sono io, ma perché?

Perché, risponde il Salamandra, essendo la padrona ha una proposta per lei. E se proprio non vuole farlo entrare gliela può dire lì, sulla porta.

La Tripolina si scuote, Ma no, venga pure.

Le dispiace che non può offrire un caffè, la moka è bruciata e non ne ha ancora comperata una nuova.

L'odore di fumo che emana dai vestiti, dalla pelle, dai capelli del Salamandra è pratico, corposo, anche umano, per chi fuma. I morti non fumano. Alla Tripolina ricorda il marito: fumava lui, toscani.

Il Salamandra fa un paio di complimenti a vanvera sulla casa, bella la posizione, bella la vista.

La Tripolina è tutta compresa nell'odore di fumo che un po' le mette nostalgia come quello d'incenso di prima, in chiesa.

Le spiacerebbe..., dice interrompendosi. Al Salamandra no, capisce anzi, che quelle vecchie lì mangiano con le galline e poi se ne vanno a letto. Quindi va dritto al dunque.

Vorrebbe affittare l'appartamento che si è appena liberato? Non lascia il tempo alla Tripolina di chiedere.

No, non a me, chiarisce.

Però ha sottomano una persona che se lo prenderebbe al volo. Donna di mezza età, onesta, simpatica, lavoratrice. Vedova. Da un po' di mesi c'ha una profumeria lì in paese ma è stufa di andare avanti e indietro in treno.

Ma, non saprei, dice la Tripolina, perché vede...

Non dica subito di no, interloquisce il Salamandra. Tecnica, togliere il fiato all'avversario.

Non dica di no prima di averla conosciuta, vedrà che le farà subito simpatia, se crede gliela porto qui domani stesso e combiniamo. Toglie il disturbo il Salamandra prima che la Tripolina riesca a dirgli che è ormai decisa ad andare all'ospizio e forse sarebbe meglio parlare col nipote.

46.

L'Augusto, benché ci avesse pensato mentre attendeva il treno, e poi sul treno, e poi andando verso casa, si era deciso solo davanti alla Birce. Anzi, davanti alle canne del naso che quella gli aveva presentato aprendo la porta di casa. Due canne dalle quali erano uscite due parole.
E allora?
Cioè, si era alla fine ricordato che aveva una moglie, una casa, magari anche un lavoro?
Non c'è odore di cena nell'aria.
Scusami sai, aveva risposto la Birce, ironica, ma non mi hai detto niente, potevi fare un colpo di telefono, ho pensato che anche stasera saresti stato su con la zietta.
Veleno.
Allora a quel punto l'Augusto s'era deciso.
Scusami tu, ma c'è voluto un po' a convincerla, aveva detto.
Bazzi Birce aveva appena aperto il frigo, Vediamo cosa c'è.
Convincerla di cosa?, tono di chi chiede tanto per chiedere.
Sembra che la botta con cui Bazzi Birce chiude il frigo preceda la risposta dell'Augusto. Ma è solo un'illusione.
Infatti, prima il Prinivelli dice, Convincerla che è meglio andare all'ospizio.
E solo dopo una frazione di secondo Bazzi Birce sbatte la porta del frigo e poi, Davvero? E subito, Quando?
Ma al quando il Prinivelli mica ci aveva pensato. Aveva

dovuto farlo lì, in fretta, davanti al viso della Birce che aveva ritirato l'artiglieria del naso e con l'immagine del frigo talmente vuoto da evocare il silenzio di un pesce in agonia, neanche il classico limone, metà, rinsecchito.

Eh, quando, quando..., gli era rotolato nel pensiero.

Non è che la posso prendere domani e la porto su, aveva detto. Prima di tutto bisognava parlare con le suore, vedere se c'era posto, glielo aveva già detto no che...

Sì, sì, lo so, l'aveva interrotto Bazzi Birce. A maggior ragione era meglio non perdere tempo. E quindi, sabato poteva andare su dalle suore, no?

Il Prinivelli fa per aprire la bocca, forse vuole prendere tempo, ma la Birce lo stoppa.

Ti va una pasta?, chiede.

Poi cambia idea. Perché di là in casa Bazzi Vinicio c'è un avanzo del rostìn della domenica.

Vado e vengo, aveva detto la Birce.

Ma c'era voluto quasi un quarto d'ora prima che ritornasse con quattro fette di rostìn, buono anche freddo, e una precisa idea sul dopo cena.

Cioè, manina.

47.

Un bel colpo proprio!, aveva esclamato Bazzi Vinicio quando la Birce era andata a prendere il rostìn e a dare la notizia dell'ospizio.
Chiara l'ironia?
No, aveva reagito la Birce scocciata.
Anche la Sapienza Domestica era rimasta un po' lì, con una faccia da pasta scotta. Allora il Bazzi aveva fatto lezione.
Giù dal fico, giù dalle nuvole belezze!, aveva attaccato.
Un bel colpo proprio, ma per le suorine dell'ospizio! Una volta che quelle venivano a sapere del caseggiato poco ma sicuro che si intortavano per bene la Tripolina e la firmetta gliela facevano mettere loro. Così poi non dovevano nemmeno aspettare che morisse per diventare padrone. Non ci avevano pensato eh? No, chiaro. Ma lui sì. Ne aveva così viste di cose del genere.
La Sapienza Domestica si era chiesta quando, come, dove, ma era stata zitta. Poi Bazzi Vinicio si era impostato sul tono pratico. A quel punto, aveva detto, meglio dire addio all'affare, metterci una croce sopra come si usava dire, perché era pronto a scommettere che una volta all'ospizio alla vecchia e al suo caseggiato avrebbero pensato le suorine. E senza perdere troppo tempo, come invece avevano fatto loro.
Bazzi Birce, di ritorno con quattro fette di rostìn sulle quali baluginava un po' di puccia rappresa, convinta che l'Augusto aveva fatto trenta, cioè ospizio, aveva pensato

che adesso doveva fare trentuno, cioè firmetta, ma prima dell'ospizio.
 Con buona pace delle suorine.

48.

«Torno subbito.»
«Torno subito.»
Il primo cartello è di mano del Salamandra, la doppia bi non mente. Lo attacca alle dieci sulla porta dell'ufficio di collocamento. Il secondo è di mano di Gemma Imparati, lo attacca sulla porta della profumeria quando il Salamandra passa a chiamarla. Le spiega che è importante che faccia quella visita, la vecchia gli è sembrata un po' titubante quindi magari vedendola si convince. Gemma Imparati prima di uscire dalla profumeria prende una confezione di acqua di colonia, la omaggerà alla padrona di casa.

Bella idea, dice il Salamandra. Ma non immagina che la Gemma sta elaborando una sua strategia. Quanti anni le ha detto che ha questa Tripolina? Un'ottantina? E allora sono a cavallo, riflette la Gemma, e quando si trovano di fronte alla porta di casa, alla Tripolina che non immagina chi possa essere a quell'ora, la Gemma spalanca la bocca, si mette le mani sulle guance e dice, Non è possibile!

Tanto che il Salamandra chiede, Cosa? Cosa non è possibile?

Ma Gemma Imparati dice che ha bisogno di sedersi se no magari sviene. Perché non è possibile che la Tripolina sia tale e quale alla sua cara nonnetta come se quella fosse tornata dal regno dei morti per farle compagnia adesso che è vedova e sola.

La Tripolina certo che la fa sedere, povera cara, le farebbe anche un caffè se non fosse che non ha la moka e deve ricordarsi di comperarne una nuova. Magari da qualche parte ha qualcosa di forte, ma la Gemma dice, No, no, con le mani sul viso, perché ha paura di stare sognando e intanto si sfrega un po' gli occhi che così diventano anche lucidi come se avesse le lacrime pronte.

Il Salamandra è stupito da tutto quello che sta succedendo, aveva pronto il suo di discorso, professionale, pratico, lui garante della nuova inquilina ma per quelle due è come se fosse sparito. Cazzo, il gioco gli è sfuggito di mano, il pallino ce l'hanno loro, pensa, mentre guarda la Tripolina che adesso ha la faccia di una pastorella di Lourdes e ascolta estasiata la Gemma che le parla della sua povera nonna, la povera nonna con la quale ha passato gran parte della sua infanzia mentre la sua mamma (povera anche lei perché è morta) andava al lavoro, la nonna che si sogna una notte sì e una no e quando si sveglia le viene il magone al pensiero che non c'è più. Quindi, aggiunge, la deve scusare se ha fatto quella scena ma quando l'ha vista è stato un colpo perché le è sembrato che fosse tornata. E se non le dispiace, dice ancora la Gemma, se non le darà fastidio, le piacerebbe, anche se magari l'appartamento l'ha già dato a qualcun altro o magari non lo vuole affittare, ecco, le piacerebbe ogni tanto passare a trovarla, magari bere un caffè assieme quando avrà ricomprato la moka, fare quattro chiacchiere proprio come faceva con la sua povera nonna alla quale diceva tutto.

La Tripolina nel frattempo ha giunto le mani come se fosse in chiesa e, com'è, come non è, nel silenzio che segue alla sparata della Gemma dal cortile si leva un miagolio slavato di pance vuote, il richiamo a un dovere che per qualche sera è stato dimenticato e si sente nonna, nonna dei gatti che non può abbandonare se andasse all'ospizio, deve riprendere a curarsi di loro come faceva con la povera Lisetta. Le permetterà di farlo ancora ogni tanto?, chiede a quella cara giovane. Non sarà un disturbo, giusto una mezz'oretta alla sera dopo cena, e lei potrà raccontarle della sua povera nonna.

La Gemma risponde che non chiede di meglio poi torna sulla terra e chiede quando potrà trasferirsi.

Ma anche oggi stesso, risponde la Tripolina.

Be', in giornata è un po' improbabile, mercoledì o giovedì però è sicura di farcela.

Ma bene, ma bene, fa la Tripolina.

Il Salamandra è basito, vuole metterci bocca, Allora siamo d'accordo?, dice.

La Tripolina lo guarda come se fosse spuntato da una fuga delle piastrelle. Lui insiste, Affare fatto?

E per l'affitto, chiude la Tripolina, passa mio nipote l'ultimo sabato di ogni mese.

49.

Il Salamandra s'era sentito defraudato del ruolo di mediatore. Una volta fuori aveva detto alla Gemma che non sapeva di quella faccenda della nonna.
Nemmeno io, aveva risposto lei.
Bel colpo, aveva detto lui, però...
Però?, aveva chiesto lei.
Niente, voleva dire che la sua percentuale se l'era guadagnata comunque, no?
Ma sì, aveva risposto Gemma Imparati.
Il Salamandra aveva allungato la mano, la Gemma gliel'aveva stretta. Giusto il tempo di arrivare in profumeria e si accorge di aver dimenticato di omaggiare la Tripolina con l'acqua di colonia, nel contempo la Tripolina ha già dimenticato di dover ricomperare la moka.
Siamo a martedì 9 aprile 1957, Santa Maria Cleofe, Venere tramonta alle diciotto e trentaquattro minuti, la sua distanza media dal pianeta Terra è di centosettanta milioni e cinquecentoquarantamila chilometri.

50.

«Si avvisa la gentile clientela che nella giornata di venerdì 12 aprile la profumeria resterà chiusa.»
Venerdì quindi, trasloco. Avrebbe potuto farlo anche giovedì, ma è giorno di mercato, gira più gente del solito. Tanto, giorno più, giorno meno...
Giorno più giorno meno un paio di balle, perché la Gemma non vede l'ora di lasciare la casa di Colico, però stringe i denti e quasi non dorme la notte di giovedì in attesa che il Braccino arrivi col suo mototriciclo Benelli per caricare le robe e mettere un punto e a capo, iniziando un altro capitolo della sua vita. E pazienza se anziché alle dieci come le aveva detto, il Braccino arriva alle due del pomeriggio e, prima cosa, l'avvisa che per via della gamba di legno non può portare pesi su e giù per le scale.
Quando giunge a Bellano sono le quattro e qualcosa. L'Osvaldo Cremia è sul terrazzino che dà sulla statale, guarda di sotto e ogni tanto sputa. Il figlio che disegna gli indiani sta facendo i compiti, sua moglie è al lavoro, dodici-diciotto. Quando vede il biroccio del Braccino fermarsi proprio davanti al portone dice, Che cazzo è?

51.

Al Prinivelli aveva fatto un po' strano sentire la voce della Birce che gli sussurrava di suorine mentre, sotto, la mano si dava da fare. In testa gli frullavano il diavolo e l'acqua santa.

Quando la Birce aveva rallentato, quasi si era fermata del tutto, aveva prevalso l'acqua santa, ma quando aveva ripreso il diavolo s'era fatto prepotente.

Mentre gli aveva spiegato la teoria di Bazzi Vinicio, spacciandola però per sua propria, la Birce aveva più volte sospeso l'attività proprio durante i passaggi chiave, in attesa delle sue risposte, un sì o un no, sempre un po' di gola.

Non aveva preso in considerazione quella possibilità?
No.
Poi una fila di sì sempre più flebili.
Non era il caso di farci un pensierino? E magari, dopo fatto il pensierino, giocare un po' d'anticipo? Cioè non perdere troppo tempo? Nel senso di farle mettere la firmetta prima che andasse all'ospizio?
A quel punto la Birce aveva frenato di brutto.
Poteva dirglielo sabato, quando andava su. O no?
Il Prinivelli, congesto, aveva deglutito, il diavolo imperava alla grande.
O no?, aveva ribadito la Birce.
Ma sì, era sbottato lui.
Allora siamo d'accordo?, aveva insistito lei.

Ho detto sì, aveva ribadito l'Augusto, ormai al limite dell'eretismo.

E allora via, prima, seconda, terza.

Non c'era stato bisogno di usare la quarta marcia.

52.

Il Braccino aveva scaricato i cinque scatoloni con le robe della Gemma sul marciapiede a lato del portone. Poi s'era preso i soldi per il servizio, s'era dato due colpetti sulla gamba di legno, era risalito sul biroccio, inversione a U e in meno di un minuto era sparito, lasciando dietro di sé una puzza di scarico e la Gemma a guardare gli scatoloni sul marciapiede. Il Cremia l'aveva vista abbrancare il primo, dare una spallata al portone ed entrare.

All'Osvaldo scappa una seconda esclamazione, Chi cazzo è?

Rientra in casa, dà una sberletta al figlio, gli dice che esce un momento mentre la Gemma è davanti alla porta di casa della povera Lisetta con il primo dei cinque scatoloni.

Gli altri quattro glieli porta su l'Osvaldo.

53.

Prima c'erano stati i saluti, Buongiorno, Buongiorno. Poi le presentazioni, Sono la Nuova Inquilina.
Allora benvenuta.
Poi un'offerta d'aiuto.
Non si disturbi.
Ma si figuri.
Infine l'Osvaldo era andato ad avvisare la Tripolina che servivano le chiavi per permettere alla Nuova Inquilina di entrare nella sua nuova abitazione.

Dopo un'oretta erano seduti tutti e tre al tavolo di cucina, gli scatoloni allineati nel corridoio, a bere un caffè fatto con la moka della povera Lisetta.

A un certo punto la Tripolina aveva detto che doveva andare per prepararsi qualcosa di cena, magari tornava dopo per la storia dei gatti, Si ricordava?, e comunque per qualunque cosa poteva suonare alla sua porta.

L'Osvaldo era rimasto ancora qualche minuto e aveva detto a sua volta che, per qualunque bisogno, poteva chiamare lui, era una specie di capo casa, non si poteva pretendere che una di ottant'anni e il nipote...

Ah già, c'è il nipote..., aveva interrotto la Gemma.

Sì, ma era un inetto e poi veniva su solo al sabato, prometteva ma non faceva niente.

Ne terrò conto allora, aveva risposto Gemma Imparati.

E adesso credo che mi farò il letto e mi ci infilerò, aveva aggiunto. La giornata l'aveva stancata.

Buon riposo allora, aveva augurato l'Osvaldo, che si era poi avviato.

54.

Sua moglie è appena arrivata. Al figlio, solo in casa, chiede, Dov'è il papà? Non lo so, risponde quello.
Hai finito i compiti?
Sì. Chissà poi se è vero.
L'Osvaldo entra in casa col pensiero che la Nuova Inquilina è una bella gnocca, stagna, l'ha guardata davanti e dietro, curve e curvette, c'ha un non so che nello sguardo, qualcosa che brilla, se la sta immaginando a letto mezza nuda...
Ma dov'eri?, gli chiede la moglie.
Mi ha chiamato la Tripolina per dare una mano alla Nuova Inquilina di sotto, mente lui.
Una Nuova Inquilina? Ma toh!
Lui ne sapeva niente?
No, risponde l'Osvaldo.
E com'è?, chiede lei.
Non vorrei sbagliare ma sembra piuttosto antipatica, è la risposta dell'Osvaldo che quella settimana fa il turno ventiquattro-sei.

55.

La domanda della Birce era stata se voleva compagnia. Sottinteso, nel caso si dimenticasse della promessa. Tanto lei non aveva niente da fare. E potevano prendere anche il Gioiello, Bazzi Vinicio non ne aveva bisogno quella mattina. L'Augusto aveva detto, Ma no, non disturbarti, andava in treno, prendeva l'otto e trenta e massimo alle dodici era di ritorno. La Birce s'era arresa ma non aveva resistito.

Ricordati eh!

Come faceva a dimenticarsi?, aveva pensato l'Augusto già tribolato all'idea di dover fare il famoso discorso come da promessa.

Solo che quando entra in casa della Tripolina capisce che c'è qualcosa di strano o meglio di nuovo. Questione di naso, c'è odore di caffè. La zietta ha ricomprato la moka? Ma la Tripolina gli dice che deve proprio ricordarsi di farlo, Che sbadata che sono.

E allora quell'odore di caffè?

Ma pensa che cara, risponde la Tripolina, gliel'ha portato lei prima di andare in negozio.

Lei chi?, si meraviglia l'Augusto.

Lei, la Nuova Inquilina.

L'Augusto era rimasto un po' lì.

Ma da quando, ma come, perché...

Aveva pensato di dirglielo, aveva detto la Tripolina, ma poi aveva preferito fargli una sorpresa.

Ma zia!, era sbottato l'Augusto, una nuova inquilina

proprio adesso che aveva deciso di andare... Insomma, l'aveva detto lei il giorno del funerale no, si ricordava?

L'ospizio? Sì, l'aveva detto.

Però l'ospizio è sempre lì, mica scappa, osserva la Tripolina.

Piuttosto l'Augusto doveva vedere che cara che era la Nuova Inquilina. Bella, simpatica, giovane. Che le aveva detto se aveva bisogno di qualcosa di dirglielo pure caso mai non se la sentisse di uscire. Tanto lei andava in paese tutti i giorni, aveva una profumeria, cosa le costava portarle un po' di spesa. Un vero gioiello, che se l'Augusto aspettava un po' poteva pure conoscerla. Le aveva anche chiesto se poteva chiamarla nonnetta.

56.

Quando era uscito per andare al lavoro l'Osvaldo s'era fermato un paio di minuti davanti alla porta della povera Lisetta, lo stesso aveva fatto alle sei e un quarto quando era tornato a casa. Col pensiero aveva aperto la porta, aveva percorso il corridoio in gran silenzio poi era entrato nella camera della Nuova Inquilina e si era infilato nel suo letto. Perché lei lo aspettava, glielo aveva detto in una fantasia che era durata per tutte e sei le ore di lavoro. Per togliersi la voglia, ma non l'idea, era salito in casa, aveva dato un colpetto alla moglie e le aveva detto che era in vena.

Visto che mi hai svegliato..., aveva risposto lei.

Gli aveva dato dentro come un ossesso con in testa la Nuova Inquilina tant'è che alla fine la moglie gli aveva chiesto cosa gli fosse preso.

L'Osvaldo s'era limitato a ribattere, Cos'è, ti dispiace?

Verso le otto e mezza era uscito per fare due passi e, tra l'odore di muffa, rifiuti e fritto Middia, passando davanti alla porta della povera Lisetta aveva percepito, sovrano sugli altri, il profumo di quella. Una roba che l'aveva scaldato al pensiero che chissà dove se lo metteva. Allora a mezzogiorno e qualcosa, con la moglie al lavoro, dodici-diciotto, appena mangiato, il figlio a disegnare indiani sul muro, s'era messo di vedetta sul terrazzino che dava sulla statale. Quando l'aveva vista arrivare aveva imboccato le scale con la faccia del fintone e incrociandola l'aveva fermata per chiederle, Tutto bene?

La Gemma aveva risposto, Tutto bene, sì.

Doveva ancora sistemare le sue cose, però tutto bene. Lui le aveva ribadito di non farsi scrupoli se aveva bisogno, si arrangiava a fare di tutto.

Fortunata sua moglie, aveva ribattuto lei.

Allora arrivederci, aveva salutato l'Osvaldo.

A presto, aveva risposto lei.

Però il Cremia anziché proseguire in giù era tornato in su.

Ma non stava uscendo?, aveva chiesto lei.

E già, aveva mormorato lui.

Gemma Imparati aveva solo sorriso, ma meglio di cento parole.

57.

L'urlo di Bazzi Birce lo sente anche la Sapienza Domestica che corre a vedere cosa diavolo. Davanti alla porta di casa lo sente di nuovo, non è un urlo, è una parola ma urlata.

Il Prinivelli ha appena finito di raccontare la gran novità della Nuova Inquilina, della zietta che sembra rinata, dell'ospizio, che non scappa mica. E che quella le ha chiesto se può chiamarla nonnetta. Tace sul fatto che in tasca ha il conto del funerale della Lisetta che il Cassa da Morto, come da accordi, ha consegnato alla Tripolina.

La Sapienza Domestica si ferma, tanto può sentire bene anche da lì.

La parola è nonnetta.

Ma che brava la nonnetta, sta gridando la Birce, ma che furba la nonnetta, certo più furba, più sveglia del nipote che si fa mettere nel sacco come un bambinetto dell'asilo, che conta come il due di briscola e... NO!

L'Augusto ha fatto la mossa di dire qualcosa ma...

...NO, non dire niente per favore, va avanti la Birce, taci, non voglio sentire più niente della nonnetta, della Nuova Inquilina, di quella topaia di casa, mai più una parola sull'argomento, chiuso, finito, raus!, mi sono spiegata?

La esse di raus è uscita direttamente da uno dei buchi del naso della Birce. La Sapienza Domestica ne avverte l'onda d'urto e il silenzio che segue. Dentro il quale galleggiano i pensieri dell'Augusto, pensieri stupidi perché si sta chiedendo se comunque andranno lo stesso al cinemino visto che è sabato e poi celebreranno il solito rito incappucciato per via che non vogliono figli. Ma sa che è pura illusione, musi e mutismo per chissà quanti giorni. La Birce non è neanche più lì, è in camera e sbatte cassetti.

La Sapienza Domestica è tornata di là, ha agitato le mani per aria, Burrasca!, il Bazzi Vinicio ha fatto una faccia.

Tra moglie e marito..., ha detto, lasciamoli in pace.

È il sabato 13 aprile, sulla ruota di Milano esce l'anno di nascita della povera Lisetta, 1.8.67 (nel senso di 1867), non succede altro fino a quando cala la sera.

Ma poi, col buio? Per il solo fatto che è buio dovrebbe succedere qualcosa? Niente infatti.

A meno di non poter entrare nella testa di Cremia Osvaldo, del p.i., perito industriale, Augusto Prinivelli, e della Nuova Inquilina, Gemma Imparati, vedova Pezzetti.

58.

Nella testa del Prinivelli c'è confusione. Dopo cena la Birce ha aperto la bocca per dire, Vado di là, e l'ha lasciato lì.

L'Augusto ha sparecchiato e lavato i piatti, un gesto di pace che non servirà. S'è messo a letto alle dieci, quando ha sentito la Birce tornare ha finto di dormire. Poi s'è addormentato davvero.

Il Cremia ha chiuso la settimana di turno ventiquattrosei tormentato dal pensiero su come fare a entrare nel letto della Nuova Inquilina.

Gemma Imparati invece lo sa. Certo bisogna che quello, ancora non sa come si chiama, sia abbastanza furbo da capire. E sì, perché è giunta anche l'ora di tornare a sentirsi la donna che era, quando l'Armando, se non era tempo di funghi, la lasciava a digiuno al massimo due sere di fila.

59.

Domenica mattina nel letto della sua nuova casa, con ancora due scatoloni nel corridoio in attesa di essere sistemati, Gemma Imparati sente un treno passare e lo saluta con un sorriso. Dal piano di sopra le giungono i rumori di casa Cremia, passi e voci, una voce più alta che dice, Dai sbrigati!, poi la porta che sbatte, scarpe che calpestano le scale, la famigliola in trasferta, forse la messa. Qualche minuto più tardi nuovi passi che sfumano fino a sparire. Fino a quando sente bussare alla porta.

Dai e dai all'Osvaldo era venuto in mente almeno come fare a entrare in casa della Nuova Inquilina e aveva aspettato che la moglie se ne andasse a messa con il figlio per entrare in azione. Benedetta la messa per una volta e il coro di voci bianche dei bambini dell'oratorio di cui faceva parte anche suo figlio, che si esibiva durante la messa grande sotto la guida del coadiutore. Così, rimasto solo, aveva dato avvio alla manovra. Aveva preso un asciugamano, era uscito sul terrazzino che dava sul cortile, s'era guardato intorno caso mai ci fosse qualcuno a spiare e poi l'aveva lasciato cadere su quello della Nuova Inquilina. Preso atto del perfetto atterraggio aveva eseguito il piano con la seguente giustificazione sulla lingua.

Perché mentre sua moglie è a messa col bambino lui ha ritirato i panni asciutti e quel coso gli è scappato di mano andando a finire sul terrazzino di sotto.

Mi dispiace disturbarla, dice il Cremia alla Nuova Inquilina.

Alzandosi per andare ad aprire Gemma Imparati aveva pensato alla Tripolina. Ha addosso una camicia da notte in nylon che lascia trasparire le due macchie scure dei capezzoli alla vista delle quali il Cremia si imparpaglia, chiede scusa, magari torna più tardi ma la Gemma lo stoppa.

Giusto lei, dice, e si mette una mano sul collo. Perché aveva intenzione di approfittare della sua disponibilità, la sera prima si è accorta che il lavandino di cucina scarica male. Quando avrà un minuto per dargli un'occhiata...

Il pensiero che la Nuova Inquilina dorma senza il reggiseno fa immaginare al Cremia che magari si tolga anche il resto. Nel qual caso, anche sotto...

Se vuole, visto che sono qui..., butta lì l'Osvaldo.

Se ha tempo..., ribatte lei.

Lungo il corridoio l'Osvaldo quasi inciampa in uno dei due scatoloni. Davanti al lavandino Gemma Imparati chiede se la scusa un minuto. Le fantasie dell'Osvaldo svaniscono.

Ecco, pensa, adesso va a mettersi qualcosa addosso per coprirsi.

Non gli resta altro da fare che guardare 'sto lavandino, apre il rubinetto, l'acqua scorre, aspetta un attimo per vedere ma gli sembra che non ci sia niente di particolare, per scrupolo dà un'occhiata ai tubi sotto, si sa mai, mentre ascolta i passi della Nuova Inquilina che sta tornando e che quando è di nuovo lì chiede, E allora?

L'Osvaldo guarda in su. Così com'è, accosciato, gli salta subito all'occhio il triangolo scuro. Gli viene quasi da piangere per l'emozione. Annusa profumo, inghiotte saliva. Quasi sillaba per dire che rubinetto, lavandino, scarico, gli sembra che sia tutto a posto. Si alza, gonfio.

Si vede che mi sono sbagliata, osserva la Nuova Inquilina.

Poi sorride, che è meglio di mille parole.

L'Osvaldo si guarda la punta dei piedi perché sa che deve andare, la messa ormai sta per finire.

Però..., dice.
Gemma Imparati attende.
Però, riprende lui, per quel rubinetto posso passare domani sera verso le dieci.
Sicuro?, fa lei.
Come no. Sua moglie fa il diciotto-ventiquattro, suo figlio alle nove è nel mondo dei sogni.
Sulla porta di casa passano al tu, si scambiano i nomi. Una volta di sopra il Cremia si ricorda dell'asciugamano. E va be', se la moglie lo cercherà affari suoi, cosa può saperne lui di asciugamani e menate del genere, e che cazzo!

60.

Bazzi Birce aveva detto, Vado a fare due passi, e avevano appena finito di pranzare. Cos'ha fatto da mangiare la Birce è un mistero perché l'Augusto ha mangiato senza quasi rendersi conto di farlo. Forse un risotto, di sicuro colloso.
Da sola?, aveva chiesto lui.
Se ho detto vado..., aveva replicato lei con una rovesciata perché era già in piedi e gli dava la schiena.
L'Augusto aveva di nuovo lavato e asciugato i piatti. Poi, non sapendo come impiegare le ore fino a sera, era uscito a sua volta. E una volta fuori mentre camminava aveva pensato, Come ai bei tempi. Cioè quelli che gli sembravano brutti quando scappava dal paese e andava in giro per Lecco solo soletto o solo soletto andava alla partita, immaginando di non dover più ritornare su. Cammina cammina pensando a quei tempi, brutti, che in fondo così brutti non erano, guardandoli in retrospettiva, perché covava comunque la speranza che succedesse qualcosa in grado di cambiarli. Riflette che quei tempi gli sembrano belli perché adesso la sua vita sta passando un momento difficile, un brutto momento. Tant'è che gli fanno male anche i piedi. Siediti un po', Augusto, e ragiona. Panchina, lago, gabbiani, battelli alla fonda. La prua del battello somiglia al naso della Birce. Anche il becco dei gabbiani. Forse la Birce ha ragione sulla storia della firmetta, lei è logica, pratica. Ma forse ha ragione lui a pensare che sarebbe come dire alla Tripolina che

sarebbe ora di morire, cosa aspetta, cosa campa a fare. Ci sarà un modo per venirne fuori? Sarà possibile trovare un punto d'incontro? La smetteranno i piedi di fargli male? Fino a quando la Birce gli terrà il muso?

Quando rientra la Birce è già in casa. La prua del battello, il becco dei gabbiani.

Si può sapere dove sei stato?, chiede.

A pensare ai tempi belli e a quelli brutti.

In giro, risponde invece.

61.

Gira gira. Ma è solo la lancetta dei secondi. Un po' meno quella dei minuti. Quella delle ore invece è lenta come una lumaca. In sostanza, il tempo non passa mai. All'Osvaldo, che ha iniziato la settimana sei-dodici, scappa uno sbuffo. Sono le due del pomeriggio.
Cosa c'è?, chiede la moglie.
Lui, Ma niente, le solite balle del sindacato, e morta lì.
Se almeno fossero già le sei. Alle sei, la moglie via, diciotto-ventiquattro, l'Osvaldo si sentirebbe libero di pensare a quello che lo aspetta. Con lei lì gli sembra che qualcosa possa... gli manca il verbo giusto... scappargli da sotto la pelle o da dentro il cervello ecco, come quello sbuffo di cui non si è nemmeno accorto. Lei invece sì, e subito, Cosa c'è? Benedetto il sindacato, come la messa del giorno prima. Deve distrarsi. Mica facile. Nella testa c'ha un film, comincia con l'asciugamano che atterra e finisce con l'immagine del triangolo sotto la vestaglia. Poi ricomincia da capo. Non c'è modo di fermarlo. La sera non arriva mai.

62.

Le cinque di già. Augusto Prinivelli aveva considerato l'orario di fine lavoro con un discreto sconforto. Combinare aveva combinato ben poco, la Sgangherata era andata due volte nel suo ufficio per chiedergli di certi disegni, aveva risposto che doveva fare ancora un paio di conti. In realtà stava facendo i conti con la situazione domestica. Ha moltiplicato, diviso, sottratto, addizionato ma il risultato è sempre stato la piva della Birce. Così alle cinque era uscito e chissà come o perché aveva preso la strada della stazione senza rendersi conto che doveva andare dall'altra parte. Si era guardato i piedi come se quelli avessero agito per conto proprio, poi l'occhio gli era scappato sull'orologio e aveva visto le ore, le sei meno un quarto. Di solito era già a casa da una bella mezz'ora. Era arrivato alle sei e appena entrato la Birce gli aveva detto, Ti devo dire una cosa.

Lui aveva tirato un sospiro, già sentirla parlare era un sollievo.

Va bene tutto, aveva attaccato la Birce, ma il lavoro è lavoro.

63.

Anche il Cremia ha tirato un sospiro, alle sei, quando ha chiuso la porta di casa dopo che la moglie è partita. Però, come d'incanto, uscita lei il film che ha avuto in testa per l'intero pomeriggio è svanito, bruciato per surriscaldamento. Dalla cenere è salito il fumo di un pensiero maligno. Se la Nuova Inquilina, ora Gemma, avesse cambiato idea?
Perché certe occasioni bisogna prenderle al volo, forse quella di ieri era una di quelle, chi lo sa, staremo a vedere. Ma il fumo di quel pensiero è tossico, gli oscura la vista, gli tappa le orecchie, non vede le ore, non sente la domanda del figlio.
Cosa c'è?, chiede un po' nervoso.
Il ragazzo è appena un po' spaventato, non tanto però da non rispondere, Niente, a che ora mangiamo però?
Già perché sono le sette passate, a quell'ora, sole o neve, pronto in tavola. Ci sono patate, prosciutto e formaggio. Tra padre e figlio è una specie di gara di velocità a chi finisce prima. Il figlio perché prima finisce più ha tempo per andare a disegnare indiani sul muro del corridoio, il padre perché nel ruffiano crepuscolo vede riprendere il film del pomeriggio che ha una coda di cui s'era dimenticato, una battuta sorniona che lo rinfranca del tutto.
Sicuro?, aveva chiesto la Gemma.
Voleva conferme, cos'altro se no?
Quindi quando scoccano le nove al figlio risponde, No.

No, non può stare su oltre l'ora canonica del letto, l'indiano che ha appena cominciato a disegnare lo finirà domani, è inutile che insista, deve andare a dormire...
Ma perché?, piagnucola il figlio.
Perché, risponde l'Osvaldo, tutti e due devono alzarsi presto, tu per andare a scuola e io per andare al lavoro.

64.

Il lavoro è lavoro.
Bazzi Vinicio era tornato a casa con la maschera del nervoso. Quando ha quella faccia lì che fa pensare alle unghie incarnite la Sapienza Domestica sa che bisogna lasciarlo in pace per un po', guai chiedere cosa c'è, c'è il rischio di sentirsi rispondere: Cosa vuoi saperne?
Invece Bazzi Vinicio le aveva detto, Ascolta.
Perché il lavoro è lavoro e quei due di là, gli sposini in litigio, per lui potevano litigare fin quando volevano. Ma i loro scazzi non dovevano entrare nella Bazzi Vinicio-minuterie metalliche. Il che voleva dire che il p.i., perito industriale, Augusto Prinivelli doveva sempre ricordare che lì dentro era un suo dipendente, la qualifica di genero restava fuori dal portone della ditta e quindi doveva rendere al pari di tutti gli altri. Non come quel giorno che gli aveva mandato la Sgangherata a chiedere di certi disegni per pezzi che dovevano entrare in produzione e lei era tornata riferendo che il p.i. doveva fare ancora certi conti e gli serviva altro tempo. Non poteva dire chi l'avesse trattenuto dall'andare lui a dirgli che di michelazzi a libro paga non ne voleva. Quelli che risparmiavano sull'olio di gomito li aveva sempre infilati, Andate a lavorare dai sindacati. S'era frenato solo perché era l'Augusto. Però che fosse la prima e l'ultima volta. La Sapienza Domestica doveva fargli il piacere di dirlo alla Birce. Alla Birce quindi, pensasse lei a parlare col marito perito, caso mai si fosse dimenticato l'avviso di un tempo su

com'era la musica alla Bazzi Vinicio-minuterie metalliche. Una musica che come quello là del violino non voleva più ripetere.

È chiaro?, aveva riferito Bazzi Birce.

Almeno sul lavoro non deluderCI!

CI: maiuscolo, veleno.

65.

La fame è fame.
Gemma Imparati solo adesso si rende conto di quanta ne avesse accumulata. Pure lei ha passato la giornata pensando alle dieci di sera. Alla possibilità che l'appuntamento potesse saltare. Basta niente, un mal di testa della moglie, un po' di febbre del figlio. Anche un fungo, per quanto stupido sia, ti può cambiare la vita. L'idea del fungo è un po' lubrica, l'ha fatta sorridere. Colpa dell'Armando però, talmente infoiato di funghi che chiamava così anche il suo affare. Chissà dov'è adesso, ha pensato la Gemma, chissà se la può vedere, chissà cosa pensa di lei. Be', ovunque sia, se la vede e sa cos'ha in testa, saprà anche che sta agendo per pura fame, nient'altro. E infine, se la può sentire, per lui non sarà certo una novità.

66.

Il Cremia invece c'era rimasto lì. Non s'era spaventato, ma quasi. Quando il primo gemito della Gemma aveva fatto irruzione nel silenzio della camera da letto della povera Lisetta s'era fermato temendo di essere stato troppo irruento. D'altronde nell'ora che aveva preceduto l'attesa, soprattutto dopo aver controllato che il figlio dormisse, aveva fantasticato senza freni ed era entrato nella casa della Nuova Inquilina carico come un cavallo. A quel verso che inclinava verso note che sembravano di dolore s'era fermato aspettandosi una richiesta di maggior cautela. La Gemma invece gli aveva detto, Cosa c'è, cosa fai, perché ti fermi, dondolando col bacino, ondeggiando sulle molle del letto. Lui aveva tentato una parola, ma lei, Sta' zitto, va' avanti, e s'era scatenata un'orda di gemiti, sospiri, esclamazioni in un crescendo inarrestabile, fuori controllo, che avevano riempito come versi di un'altra persona la camera da letto della povera Lisetta, saette di un piacere femminile sconosciuto all'Osvaldo che avevano attraversato le pareti, non più spesse di un wafer, della stanza.

67.

Non più di mezz'ora, dopodiché il silenzio cala. Non nelle orecchie del Cremia che torna in casa turbato dall'esaltante esperienza, nei timpani una specie di nido di vespe.
Nella sua camera da letto, attaccata a quella della povera Lisetta, la Tripolina si sta chiedendo se sia il caso di andare dalla Nuova Inquilina per chiedere se ha bisogno di qualcosa, quelle grida di dolore, quei gemiti, quegli aaah! prolungati, non solo l'hanno tenuta sveglia ma anche spaventata. Il silenzio che è seguito l'ha turbata, il pensiero della povera Lisetta morta in solitudine la assale. Ma poi la Nuova Inquilina tira lo sciacquone e la Tripolina un sospiro di sollievo. Caso mai, pensa, si informerà l'indomani, chiederà. Ma la mattina seguente Gemma Imparati si presenta alla porta di casa sua fresca come una rosa. La sua cara nonnetta ha bisogno di qualcosa, se la sente di uscire o deve provvedere lei? La Tripolina, No, risponde, due passi ha bisogno di farli.
Be', allora buona giornata, chiude la Gemma mentre la Tripolina chiude la porta dubitando di sé. Magari erano solo quei gatti, chissà!, da qualche sera non buttano loro niente per cena.

68.

L'aveva fatto apposta?
O se no era solo ignoranza?
Sta di fatto che la Sgangherata era entrata nell'ufficio del Prinivelli riferendo con un tono da rosario che il Bazzi Vinicio le aveva ordinato di andare a prendere e portarCI quei famosi disegni.
L'Augusto l'aveva guardata, intronato da quel CI che gli era suonato ancora maiuscolo all'orecchio, tale e quale a quello che era uscito dalla bocca della Birce la sera prima.
I disegni erano pronti, Ce li portasse pure, avrebbe voluto rispondere. Invece era stato zitto, aveva guardato la Sgangherata che si allontanava pensando che se anche un rottame come quella si poteva permettere di trattarlo dall'alto in basso forse aveva sbagliato tutto, aveva fatto un errore, grosso però, di quelli che non si possono rimediare. E i pensieri del giorno prima, i tempi belli e quelli brutti, erano tornati ad assillarlo ma confusi gli uni con gli altri così che ne era venuta fuori una cosa che non era né carne né pesce, una pietanza grigia, un'aria viziata dentro un locale dalle finestre sbarrate.
Dopo aver passato l'intera giornata a cincischiare sopra altri disegni continuamente distratto dal pensiero del ritorno a casa, di ritrovarsi di fronte alla Birce di cui riusciva a vedere solo il naso, all'uscita aveva scientemente preso la via della stazione dove s'era fermato un po' a guardare un paio di treni che andavano in su. Così aveva

fatto venire le sei e quando era rientrato la Birce, a mo' di saluto, gli aveva chiesto se per caso avesse dimenticato la strada di casa.

Lui aveva tirato su col naso e aveva risentito l'odore della stazione.

69.

Il consiglio di fabbrica possono farlo anche senza di lui per una volta, o no?, risponde l'Osvaldo Cremia a certo Stazzone che gli ha appena detto, anzi, ripetuto, che è stato convocato per mercoledì sera.
Cioè domani?, fa l'Osvaldo.
Eh, visto che oggi è martedì..., osserva l'altro.
Non posso, conferma l'Osvaldo.
Ma viene su apposta anche uno del sindacato da Lecco!
Buon viaggio, salutamelo, ribatte l'Osvaldo, se non posso non posso!
E che cazzo, borbotta tra sé, allontanandosi a passi rapidi dopo aver piantato davanti alla casa del custode del cotonificio lo Stazzone che riesce solo a boccheggiare come un pesce appena tirato fuori dall'acqua.
Vorrebbe vederlo, pensa l'Osvaldo, vorrebbe vedere anche quello del sindacato che viene su apposta da Lecco cosa gliene fregherebbe del consiglio di fabbrica se avessero sottomano un'occasione come quella che ha lui a due passi dalla porta di casa. Salendo le scale schiaccia l'occhio alla porta dell'appartamento della Gemma.
Mormora, Ci vediamo, e si prepara a far passare le ore del pomeriggio in un modo o nell'altro in attesa che arrivino le dieci di sera.

70.

Gemma Imparati mica se l'aspettava, tant'è che aveva dato due mandate alla porta di casa. Quando aveva sentito bussare era ancora vestita di tutto punto, non aveva nemmeno sparecchiato, aveva fatto un po' tardi in negozio dopo aver chiuso facendo una specie di inventario di alcune creme che doveva ordinare. Era andata ad aprire e con una certa sorpresa s'era trovata davanti il Cremia che aveva detto, Ehilà!, ed era rimasto fermo in attesa che lei si spostasse lasciandolo entrare.

Per l'intera giornata, come una specie di sottofondo, il pensiero della notte appena trascorsa le aveva fatto compagnia. Niente male davvero, ottima cosa avere sottomano un tipo siffatto quando la necessità fosse tornata a farsi sentire. Ma non s'era immaginata di dover ripetere a così breve distanza di tempo. Né l'avrebbe fatto quella sera se, dal piano di sopra, un rumore di porta che si apriva non avesse allertato l'Osvaldo spingendolo verso di lei che si era fatta di lato e l'aveva lasciato entrare.

Manca solo che qualche ruffiano ci veda, aveva commentato il Cremia.

La Gemma non ne aveva una gran voglia. Un po' magari, giusto quella che ci si può far venire. Quella che si era appunto fatta venire quando aveva capito che per liberarsi in fretta dell'uomo l'unica cosa da fare era dargli quello per cui era andato da lei. Certo, una volta in ballo era partita per la tangente col solito concerto di gemiti e sospiri e grida che, per la seconda sera di fila, avevano invaso anche la camera da letto della Tripolina.

71.

Quando, come la sera prima, cala il silenzio, la Tripolina si toglie dal viso le mani con le quali l'ha coperto, chiedendosi di che male soffra la Nuova Inquilina per patire così tanto. Quale che sia, qualcuno la deve aiutare. E chi se non lei che ha contezza delle sue sofferenze? Perché, poveretta, essendo nuova del paese magari non sa ancora a chi chiedere aiuto.

Il Cremia invece è ancor più stupefatto di come Gemma Imparati partecipi all'amplesso, il variegato coro di versi che accompagna l'azione è cosa che lo fa sentire maschio come non mai. Tant'è che dopo aver recuperato una normale frequenza respiratoria, la mimica del viso soddisfatta, molla una pacca su una chiappa della Gemma.

Ci vediamo domani, dice.

Al che la vedova Gemma Imparati chiude gli occhi e risponde, Nemmeno per idea.

Suo padre dava quel genere di pacche alla vacca in stalla. E quella, ubbidiente, si spostava di qua o di là. Lo ricordava bene, l'aveva visto più di una volta quando, bambina, le toccava seguirlo e tornare a casa portando il latte appena munto.

Sarebbe a dire?, chiede il Cremia.

Sarebbe a dire, spiega Gemma Imparati, che forse non ci siamo capiti. Probabilmente è colpa mia, dovevo chiarire subito. In ogni caso meglio tardi che mai. Intendo dire che se dovessimo incontrarci ancora sarà perché anch'io ne ho voglia. Quindi se ti dico nemmeno per idea significa che domani sera tu te ne stai a casa tua e io nella mia. Non ho intenzione di diventare il giocattolo di nessuno. Decido io come, quando. E anche con chi. È chiaro?

L'Osvaldo è imbarazzato da quelle parole. Cazzo, si sentiva già padrone della situazione, e invece...

Forse che aveva fatto qualcosa di sbagliato di cui non s'era accorto?

No, tranquillo, risponde Gemma Imparati, sei stato perfetto ieri e anche oggi. Come dire?, prestazioni eccellenti. Ma devi fartele bastare per un po'. Non venire a bussare domani, non ti aprirò.

Una volta rientrato a casa il Cremia si ferma a guardare tutta quella fila di indiani che il figlio ha disegnato sul muro e gli girano i coglioni. Quando sua moglie torna dal lavoro fa finta di dormire. Alle cinque e mezza di mercoledì 17 aprile, Sant'Aniceto papa, si alza, alle sei meno un quarto esce. Si ferma un istante davanti alla porta di casa della povera Lisetta.

Troia, mormora.

Ovviamente si riferisce a Gemma Imparati.

72.

Stasera si cena di là, dice Bazzi Birce all'Augusto. In casa di Bazzi Vinicio.
Come mai?, chiede lui.
Lo vedrai, dice lei secca secca.
Compie gli anni qualcuno?, insiste il Prinivelli.
Ma va là, la risposta.
E allora?

73.

E allora!, ha da poco esclamato la moglie del Cremia.

Si può sapere cosa gli è preso? Perché ha dato un paio di sberlotti al figlio gridandogli che è ora che la smetta di disegnare indiani sul muro del corridoio, facendolo piangere?

Perché sì, ha risposto lui, nervoso come una biscia e lei che si sbrighi se no fa tardi al lavoro. Solo quando la moglie è andata l'Osvaldo si calma un po' e, dopo cena, dice al figlio che se vuole può andare a disegnare indiani sul muro del corridoio. Merito di un pensiero sottile, una vaga speranza.

Già, perché la Gemma potrebbe anche cambiare idea, glielo ha detto che decide lei come, quando. Anche con chi in verità. Però si sa mai.

Dai, allora, va' a disegnare i tuoi indiani!

Ma..., fa il ragazzo.

Vorrebbe chiedere, E gli sberlotti di prima?

Il padre glielo impedisce.

Ma alle nove a letto eh!

74.

Il padre, marito, suocero, padrone della Bazzi Vinicio-minuterie metalliche deve festeggiare il primo contratto chiuso con l'estero, fornirà le sue minuterie a una ditta di Bellinzona, Svizzera. Ha ciulato la concorrenza di ditte anche più grosse della sua, una di Bergamo, una di Brescia, un'altra del Veneto, non si ricorda più il nome della città, che aveva bisogno di quel contratto come se fosse ossigeno per non andare in malora. Ma gli affari sono affari e, sì, gli dispiace per quelli che probabilmente dovranno chiudere e licenziare ma se lui si fosse lasciato prendere dal sentimento sarebbe ancora lì a fare l'apprendista e la Bazzi Vinicio-minuterie metalliche non sarebbe mai nata.

Quando Bazzi Birce, che sa, e il Prinivelli entrano, la tavola nel salone è apparecchiata come fosse Natale, splendono luci, sorridono anche i quadri e forse c'è nell'aria una specie di coro degli angeli. Su un carrellino ci sono quattro bicchieri e una bottiglia. Bazzi Vinicio la apre, versa.

A me poco, dice la Sapienza Domestica, che mi va subito alla testa.

Poi il Bazzi leva il bicchiere e racconta quanto sopra per spiegare il motivo della cenetta. Il Prinivelli mormora gli inevitabili complimenti.

Bazzi Birce dice, Bravo papà è così che si fa.

La Sapienza Domestica, Su, su a tavola che la cena si raffredda.

Sono le diciannove e trenta e per il resto della serata la Birce non dirà nemmeno una parola al marito, il Cremia sta passeggiando su e giù per il corridoio immemore del consiglio di fabbrica, la Tripolina aspetta con ansia che la Nuova Inquilina rientri.

75.

Gemma Imparati se l'era trovata sotto gli occhi all'improvviso, impalata sulla porta di casa e aveva sussultato. La Tripolina infatti sembrava imbalsamata, le braccia conserte, il viso composto in rughe terminali, la peluria del labbro superiore umida di minestra. S'erano guardate per un istante crepuscolare, svanito grazie a qualcosa di interrogativo gridato dal Middia cui, gridando, aveva risposto la Middia pure lei interrogativa. Dopodiché la Tripolina aveva aperto la bocca rivelando le labbra screpolate che fino ad allora aveva tenuto serrate.

Poteva parlarle? Dentro casa? Senza che si offendesse?
È successo qualcosa?, aveva chiesto Gemma Imparati.
Ma no, ma no, aveva risposto la Tripolina avviandosi passin passetto verso la cucina e una volta giunta lì indicando una sedia alla vicina.

Si accomodi che adesso le dico.
Perché non doveva credere che fosse sua abitudine ficcare il naso nelle case degli altri, aveva iniziato. Ma l'aveva sentita, rivela, poi tace perché le viene il sospetto che forse non deve, che sta esagerando e le parole svaniscono.

Ma, Sentita?, chiede la Gemma e poi tace guardandola con gli occhi socchiusi.

La Tripolina li chiude del tutto per un istante, le fiorisce in viso un sorriso da filodrammatica, manca solo qualche colpetto di tosse che sale dall'immaginaria platea, capisce che non può più tirarsi indietro, si stringe nelle spalle come a volersi scusare.

D'altronde le pareti di quella casa sono spesse così, aggiunge, e fa il gesto.

Gemma Imparati comincia a capire. Cioè, cominciato e finito, mica bisognava avere chissà che cervello. Sentita, no? Le pareti spesse così... Più chiaro non poteva essere! E adesso si aspetta che la Tripolina le faccia la predica, le dica che non deve portare estranei in casa sua. Magari qualche ruffiano aveva notato i movimenti del Cremia e glieli aveva riferiti. Ci manca solo che quelle labbra secche le dicano che la sua è una casa onesta e la pensava una persona di morigerati costumi.

Cosa potrà rispondere? Che in casa sua fa quello che vuole? O promettere che non succederà più? Appellarsi alla comprensione della Tripolina che tanto le ricorda la sua nonnetta?

Gemma Imparati sta per aprire la bocca, ancora non sa cosa le uscirà ma la Tripolina l'anticipa.

Non vuole lasciarsi aiutare?

La Gemma la guarda, è confusa.

Aiutare?, chiede.

Abbiamo un così bravo dottore in paese, risponde la Tripolina.

Gemma Imparati deglutisce, annaspa un po', riflette: chissà cos'è andata a immaginarsi la vecchia. Qualunque cosa sia è comunque fuori strada. Meglio così, che prosegua. Quindi si mette una mano sull'addome, fa una faccia da colica, scuote la testa. Sin da giovane mi vengono questi mal di pancia, arrivano senza preavviso e dopo un po' se ne vanno, dice. Ma sapesse che male! Ne ho tentate di ogni, non c'è mai stato niente da fare, tutti i medici che ho consultato non sono mai venuti a capo di nulla. Mi dispiace tanto di averla disturbata, d'ora in avanti...

Ma no, ma no, interloquisce la Tripolina, macché disturbo! Piuttosto saperla così sofferente le fa dispiacere. E se appunto volesse sentire il parere del così bravo dottore che c'è in paese...

Credo che anche lui non potrebbe farci niente, osserva Gemma Imparati.

Chi può dirlo, è il pensiero della Tripolina.

Comunque ci penserò, promette Gemma Imparati che non vede l'ora di chiudersi in casa.

76.

Sono quasi le otto di sera di mercoledì 17 aprile, l'Osvaldo Cremia guarda la strada di sotto e spera, il Prinivelli si è appena scottato la lingua con un raviolo gonfio di brodo bollente, Bazzi Vinicio sta dicendo che quella ditta lì di Bellinzona è un bel trampolino di lancio per allargare il suo giro d'affari, la Sapienza Domestica ha la faccia adorante, Bazzi Birce ha la faccia incazzata e i fumi del brodo sembra che escano, anziché entrare, dai buchi del naso. L'Augusto ha lo stomaco chiuso, deglutisce a fatica e spinge giù i bocconi con l'acqua e col vino. Poi solo col vino. Così a un certo punto gli succede una cosa strana che sente montare piano piano. Non è nausea, coraggio piuttosto. Un coraggio da leone. Se appena appena lo sente diminuire beve un goccio e quello ritorna. Lo alimenta per tutta la cena. Così una volta di là, in camera da letto, un filo incerto sulle gambe ma non con la lingua, si sente dire alla Birce che il giorno dopo andrà su dalla zietta e le dirà della firmetta. La Birce lo guarda nel crepuscolo dell'abat-jour e gli risponde, Quante volte l'hai detto! Lui ribadisce, Domani sera, lo giuro. Andrà e tornerà vincitore. Se il Bazzi gli presta il Gioiello. La Birce riflette. È l'ultima chance.

Se fallisci ti conviene non tornare, decreta.

Infatti.

TERZA PARTE

1.

La mattina di giovedì 18 aprile al Prinivelli la mezza sbronza è passata, il coraggio è tornato nel bicchiere, non ce n'è proprio neanche un filo, glielo dice lo specchio. Anzi, un filo c'è, ma è il mal di testa. Prima di uscire si aspetta che la Birce gli ricordi le parole della sera prima, ma niente. Però, lo sguardo. Intanto c'ha dei disegni da finire prima che la Sgangherata torni a dargli la sveglia, sono viti ma lui ha un chiodo in testa, non fa che pensare all'azzardo della sera prima, così non si accorge subito che a entrare nel suo ufficio non è la Sgangherata ma il Bazzi Vinicio in persona che si siede sul bordo della scrivania e gli dice, Ascolta ragazzo, ma apri bene le orecchie!

La Birce gli aveva telefonato per metterlo al corrente della promessa dell'Augusto. Lui aveva risposto, Sì, va be', ma guarda che non sono un cavedano. Si meravigliava invece che lei avesse abboccato. Ha promesso, aveva insistito la Birce. Sì, quante vol..., aveva tentato di ribattere il Bazzi, ma la Birce gli aveva mangiato la voce. Gli ho detto che se questa volta non lo fa può evitare di tornare a casa! Il Bazzi aveva sospirato. La Birce aveva chiesto se gli prestava la macchina. Il Bazzi aveva sospirato di nuovo. Va bene la promessa, va bene la macchina ma lui era Bazzi Vinicio, uno che non gli era mai piaciuta la roba brodosa, come dire tirare in lungo le cose. Se non ti scappa lascia libero il buco no? La Birce aveva aspettato la risposta, Allora? Allora sì, aveva risposto lui, ma che sia la volta buona. Poi aveva messo giù il telefono ed era partito alla volta dell'ufficio del p.i., perito industriale, Augusto Prinivelli ancora chino sulle viti e con il chiodo in testa.

Il Gioiello te lo do e, gli schiaccia l'occhio, spero proprio che sia la volta buona. Lo spero per te, dice Bazzi Vinicio, perché se no non so come si mette con la Birce. Uomo avvisato.

Ma certo, bisbiglia l'Augusto.

Ma a parte questo...

Perché ha qualcosa d'altro da dire, roba di affari e gli affari, se permette, sia in ditta sia in casa li decide lui. Quindi il caseggiato, se lo vogliamo chiamare così perché oggi siamo buoni, sorride il Bazzi. Una volta che è tuo, dopo che la zietta ha firmato insomma, te stanne alla larga.

In che senso?, chiede l'Augusto.

Il Bazzi sorride, si titilla il naso con l'indice, proprio vero che uno il fiuto per gli affari ce l'ha o non ce l'ha. Se il Prinivelli non ha ancora capito che non conviene darlo via per quattro baiocchi ma invece buttarlo giù, tirare su un condominio come si deve e poi vendere e farci bei soldi, vuol dire che non ce l'ha. Quindi è ora che lo capisca. Tanto più che la soddisfazione di mandar via i morti di fame non gliela nega nessuno. Così glielo spiega. Poi chiede conferma.

Mi sono spiegato?

Il Prinivelli lo guarda senza parlare.

Il Bazzi schiaccia ancora l'occhio, Allora siamo d'accordo, te continua con le viti che ti vengono bene e pensa a non fare incazzare la Birce. Poi, ma è già metà pomeriggio, gli manda la Sgangherata a ritirare i disegni. Piove. A un quarto alle sei il Bazzi ritorna ma si ferma sulla soglia dell'ufficio, gli lancia le chiavi del Gioiello. Lui farà due passi a piedi già che ha smesso un momento di piovere. Gli schiaccia l'occhio, e tre. Quando il Prinivelli dieci minuti più tardi parte riprende a piovere. Va su adagio, mai oltre la terza, il Gioiello si imballa. Una curva dopo l'altra sente avvicinarsi il momento fatale ma non è che abbia le idee chiare su come impostare il discorso. Sarà per l'agitazione ma ogni tanto gli vengono delle fitte allo stomaco.

2.

Gemma Imparati chiude la profumeria quando manca poco alle sette. Ha un mezzo sorriso sulle labbra. Non è per il cassetto, scarsino. Piuttosto perché le torna in mente la Tripolina, poveretta, che ha abboccato alla storia dei mal di pancia. Chissà quanti anni sono passati dalla sua ultima volta, a che punto della sua vita il pensiero, la voglia si sono spenti del tutto. Non piove, si incammina verso casa, respira a fondo, c'è qualcosa di leggero nell'aria, pensa che dovrebbe provare a contenersi la prossima volta che. Appunto, la prossima volta: quando, con chi? Sono passati due giorni ma lo rifarebbe anche quella stessa sera. Non c'è come rimettere in moto certi meccanismi. L'animale che abita sopra di lei sarebbe perfetto ma va tenuto al guinzaglio, gli ha dato il dito, e non solo, e ha già tentato di prendersi il braccio. Meglio di no. Peccato. Il bar Sport ha le porte spalancate, una bocca da cui escono voci e fumo, la Gemma scocca un'occhiata all'interno, uomini e bicchieri. Poi vede un uomo davanti al portone d'ingresso.

Il Gioiello è parcheggiato nel buio compatto del viale che porta alla stazione. L'Augusto era sceso, fatti due passi, poi era tornato a controllare se aveva chiuso bene. Dal cofano veniva su il caldo del motore imballato. Il discorso della firmetta è ancora di là da venire quando alle sue spalle, davanti al portone, qualcuno saluta, Buonasera. La voce è femminile. Le chiavi che le tintinnano in mano sono un indizio. L'Augusto risponde, Buonasera, la riconosce. Poi, Lei è… Esatto, la Nuova Inquilina, cioè Gemma Imparati. E lei è il nipote, fa la Gemma. Augusto, piacere, fa lui. Piacere, risponde la Gemma. Piacere davvero, ci attacca, ma solo pensandolo. Perché ecco, magari, con chi. Dove, non è più un problema. E quando…, quando… Be' bisogna avere un po' di pazienza, giocare d'astuzia. Il nipote è proprio un bel giovanotto adesso che lo vede bene, e non fa l'operaio, c'ha giacca e cravatta, il che non guasta. Quindi, Se dopo, dice la Gemma, vuole passare un momento da me ci beviamo un caffè. Così facciamo un po' conoscenza.

In fondo non si sono visti che di sfuggita, giusto un saluto e via, e in un giorno che di certo non era l'ideale.

L'Augusto vorrebbe che quel dopo sia adesso, a questione risolta, via il chiodo.

E già!, risponde ma una smorfia non sfugge alla Gemma.

Sempre che le faccia piacere, s'intende!, chiarisce un po' impermalita.

Ma no, è che…, risponde il Prinivelli avviandosi sulle scale.

Vorrebbe dire che prima deve togliersi un pensiero che è un chiodo, un chiodo che di scalino in scalino gli penetra sempre più nel cervello procurandogli delle fitte allo stomaco, se lo tocca, che sono cominciate quando è partito da Lecco col Gioiello e sono via via aumentate tanto che adesso, ma quanto dev'essere lungo quel chiodo!, non mollano un attimo. Ma non gli esce altro che un «Oooh!» quando è davanti alla porta di casa della Nuova Inquilina. È pallido, un po' sudato, la mano di nuovo a schiacciare lo stomaco. Alla Gemma non serve altro per capire che l'Augusto sta mica tanto bene. Poi il Prinivelli si piega a novanta sotto la stoccata dell'ennesima fitta. Alla Gemma non resta altro da fare che accompagnarlo dentro per farlo sedere in cucina. Gli farà una camomilla, ideale se è roba di stomaco. Ce l'ha, eredità della povera Lisetta.

Per cena la Tripolina si è fatta una minestra di riso e prezzemolo. L'Augusto diceva che il solo odore bastava a fargli venire la nausea.

Nausea?

L'Augusto fa sì con la testa.

Non è che le viene anche da vomitare?, indaga la Gemma.

L'Augusto risponde agitando una mano, è piegato in due sulla sedia, sono le sette e un quarto, i gatti miagolano, i Bazzi, compresa la Birce, si mettono a tavola, l'Augusto comincia a emettere versi di dolore, la camomilla strabolle, la Gemma non sa cosa fare, riflette un momento, per essere roba di stomaco le sembra un po' troppo, capisce, ci vuole un dottore. Un dottore, va bene, ma chi? Deve chiedere, qualcuno lì in casa saprà. Vado un attimo, dice. L'Augusto fa la mossa di alzarsi ma sbanda, per miracolo ripiomba sulla sedia. O cazzo!, sfugge alla Gemma. Dai su!, dice allora. Su, su!, all'Augusto che ormai mugola, lo cinge col braccio, lo tiene di peso, lo spinge e alla fine lo lascia cadere sul letto. Un attimo e torno! L'Augusto la sente? Chissà!

La prima idea è quella di chiedere alla Tripolina. Ma a metà corridoio la Gemma si ferma. Meglio non agitarla visto che c'è di mezzo il nipote che poi magari sta male anche lei. Di sopra piuttosto, in casa di quello, sale, bussa, le apre la moglie, il marito meno male non c'è, Cosa c'è?, chiede quella, un bambino curioso alle spalle. Ho bisogno di un dottore, urgente, risponde la Gemma. Il Caraffa, risponde la donna. Si chiama così, dottor Caraffa, ribadisce la donna. Va bene, la Gemma, me lo fa chiamare? Non abbiamo il telefono ma di sotto, al bar Sport, c'è quello a gettoni.

Alle otto di sera il Prinivelli è steso nel letto della camera numero otto del reparto di medicina a conferma della diagnosi che il Caraffa ha fatto, Altro che stomaco è un bell'infartino! Sa il fatto suo il dottor Caraffa. Inoltre è gentile, educato, spiritoso, a volte caustico, ben vestito, scapolo, quarantenne, sempre ben pettinato, non fuma, non beve, va in chiesa ogni tanto. Quando risponde al telefono si qualifica sempre per primo: Dottor Caraffa, mi dica.

La Birce ha fatto i conti. Partenza alle sei. Ora che è su, sei e mezza. Ora che affronta il discorso…, perché deve farlo, ha promesso, se no… Insomma, inutile aspettarlo per l'ora di cena. Così ha cenato dai suoi. Per le otto magari l'Augusto sarà di ritorno. Però. Perché può essere che abbia voluto cenare con la zietta prima di affrontare il discorso. E non ci sarebbe niente di strano se l'Augusto abbia dovuto insistere un po' o che la Tripolina abbia pianto e lui abbia dovuto consolarla, Ma dai, cosa vuoi che sia. Anzi, dev'essere proprio così. Più passa il tempo più prende corpo la convinzione che l'Augusto ha tenuto fede alla promessa. Certe cose vanno trattate con cautela, bisogna essere un po' diplomatici, mica si può andare giù piatti. Soprattutto quando una persona ha una certa età. Ma a un certo orario, ormai manca un quarto alle dieci, la Birce comincia a pensare che va bene tutto, ma il troppo è troppo. Ormai l'Augusto è via da tre ore, cosa diavolo sta combinando? Se almeno le avesse fatto un colpo di telefono. Vorrà dire che lo farà lei.

Alle nove e qualcosa, quando il silenzio era tornato di nuovo nell'appartamento della sua vicina, la Tripolina aveva deciso di andare a letto. Peccato per quell'avanzo di minestra che avrebbe voluto gettare ai gatti ma non s'era nemmeno sognata di andare a disturbare adesso che era tornata la calma. Però possibile che nessun dottore potesse darle la cura giusta? Magari il dottor Caraffa che era così bravo, l'aveva sentito dire spesso. Aveva chiuso gli occhi. Se glielo avesse chiesto lei un consiglio, senza dire niente alla Nuova Inquilina? Magari poi lui, con le sue buone maniere… S'era alzata per andare a controllare il numero di telefono, caratteri cubitali come quello di casa dell'Augusto. Era tornata a letto pensando a cosa dire a quel dottore così bravo quando il telefono aveva cominciato a squillare.

Drin drin, drin drin, drin drin!

È la Birce che accompagna lo squillo del telefono in casa della Tripolina.

Drin drin, drin drin, drin drin!, sempre più isterica, cosa ci vuole a rispondere!

I primi drin drin alla Tripolina sembrano un sogno, frutto della telefonata che vuole fare al dottor Caraffa. Alla seconda tripletta capisce che non è un sogno, le scappa un po' di pipì, la Birce non fa più l'eco al telefono, è una parolaccia continua, di quelle che dice quando è sola, sicura che nessuno la senta. La Tripolina, un passo, una goccia, raggiunge il mostro che continua a squillare, lo guarda, lo teme, allunga una mano sulla cornetta, la alza ma tace.

PRONTO!, le esplode nell'orecchio.

Pronto, pronto, pronto!

Sì, fa la Tripolina.

Sì, cosa?, bercia Bazzi Birce.

Come?, ribatte la Tripolina.

Sono la Birce!

Dirce?

Birce. LA BIRCE! La moglie di suo nipote, dell'Augusto. Dov'è?

La Tripolina resta un momento perplessa.

L'Augusto è sposato, infine, non c'è.

La Birce ha le dita pallide per quanto stringe la cornetta.

Me lo passi!, ordina.

Ma chi?, chiede la Tripolina.

Il freddo del pavimento, una goccia via l'altra, non riesce a trattenersi.

La Birce vorrebbe tuonare, sbranare, fare a pezzi il telefono. Ma si illumina pensando all'età della Tripolina e di botto cambia tono.

Zia, per favore me lo passi.

È un tono caldo come il liquido che cola tra le gambe della Tripolina. Laverà, asciugherà, ma intanto non ha più l'urgenza.

Ma l'Augusto non c'è, risponde con calma.

A che ora è andato via?, chiede la Birce.

Da dove?, ribatte la Tripolina.

Alla Birce ritorna il nervoso.

Ma come da dove, da lì!

Da qui?

A che ora è arrivato?

Ma chi?

Ma l'Augusto, la Birce quasi piangente, suo nipote, mio marito. Per favore cerchi di capirmi!

Capisco, risponde la Tripolina.

Ma l'Augusto, suo nipote, lei quella sera non l'ha visto.

Né arrivare, né partire.

Insistere?

Inutile.

Va bene, mi scusi, si vede che mi sono sbagliata, conclude la Birce.

3.

Il Gioiello. È il primo pensiero di Bazzi Vinicio. Se l'Augusto ha fatto un incidente. Perché la Birce ha chiuso la telefonata, è entrata in casa come una furia per dire che l'Augusto non c'è, non si trova...

Come non si trova?, ha chiesto la Sapienza Domestica.

Se dico che non si trova!, ha rimbeccato la Birce. La Tripolina non l'ha visto, così almeno le ha detto, a casa non è tornato.

E se ha fatto un incidente?, insinua la Birce.

Appunto, sbotta Bazzi Vinicio pensando al Gioiello. Bisogna pur fare qualcosa, certo non serve a niente stare lì a guardarsi come tre allocchi.

Magari i carabinieri..., butta lì la Birce.

Lascia stare i caramba, la stoppa Bazzi Vinicio. A quell'ora se il Prinivelli avesse fatto un incidente li avrebbero già avvisati. A maggior ragione se avesse fatto un incidente, si fosse fatto male, fosse finito in ospedale. Sono più di tre ore che è via.

E allora?, chiede la Birce.

Bazzi Vinicio fa la faccia del misterioso.

Meglio andar su a vedere, perché qualcosa non gli quadra.

Col treno? C'è l'ultimo.

Macché treno!, rifiuta il Bazzi.

A piedi forse?, provoca la Birce.

Cretina!

Vinicio!, la Sapienza Domestica.

Te sta' zitta!, lui.

Poi senza dire niente va al telefono. C'è il suo ragioniere, ragionier Magnete Filipucci, che gli darebbe anche il didietro pur di fargli un piacere. Figurarsi se non gli presta la macchina. Il Filipucci stava già dormendo. Ma se gli dà il tempo per vestirsi, dieci minuti, un quarto d'ora al massimo sarà lì sotto casa.

4.

Se questa è una macchina...
Sono le prime parole che escono dalla bocca di Bazzi Vinicio quando sono a metà strada. Col Gioiello sotto il sedere a quell'ora erano già su. D'altronde lo stipendio del Filipucci è quello che è. Gli darà una bella mancia.

All'ingresso di Bellano la Birce dice che segni di incidente non ne ha visti.

Il Bazzi tace, svolta verso il viale della stazione. Le luci smorte della macchina del Filipucci lo inquadrano. Finalmente il Gioiello. Al Bazzi ride anche il buco del culo. Parcheggia, scende, non chiude nemmeno la portiera. Fa il periplo del Gioiello accarezzandolo con la mano. È sano, a parte lo sfriso.

La Birce lo raggiunge.

Allora fino a qui è arrivato, afferma.

Te l'avevo detto io, fa il Bazzi.

Cosa?

Che se aveva fatto un incidente ci avrebbero avvisato.

Va bene, ammette lei. Ma allora l'Augusto dov'è?

Già, fa Bazzi Vinicio.

Tace. Il caseggiato, col buio, visto da lì, è ancora più brutto. Poi decide. Cominceranno da lì.

A fare?, chiede la Birce.

A cercare, a chiedere no?

Se il Gioiello è lì, vuol dire che è arrivato, l'ha detto anche lei. Sarà sceso, da qualche parte sarà andato. Si avvia, lei dietro. Il bar Sport è aperto. Ecco.

Te comincia a fare una telefonata a tua madre, dice il Bazzi.

Dille che siamo arrivati, che stia tranquilla, che non li aspetti alzata. Che il Gioiello è intero quindi niente incidente. La Birce chiede dieci gettoni perché sa che la Sapienza Domestica farà domande. Bazzi Vinicio si appoggia al bancone.

Un caffè, chiede.

La macchina è spenta, risponde lo Sbreccia.

Va be', una sambuca. E già che ci sono, per caso...

Lo Sbreccia è di spalle.

...non è che ha visto il nipote della vecchia che abita qui sopra?

La sambuca è versata. La Birce è al quinto gettone. La Sapienza Domestica vuole sapere cos'hanno intenzione di fare, la Birce non sa cosa dire perché non ha sentito la risposta dello Sbreccia.

Che, sì, quel nipote l'ha visto quando l'hanno portato via.

Via?, sbotta il Bazzi. Via dove?

Lo Sbreccia ha il sorriso della logica stretta: dove va a finire uno che sta male? In ospedale no?

Ma cos'ha avuto?, chiede allora Bazzi Vinicio.

Io faccio il barista, risponde lo Sbreccia.

Per saperlo bisognerebbe chiedere al dottor Caraffa che l'ha caricato sulla sua macchina con l'aiuto di due clienti che sono saliti su per dargli una mano.

Su?, si meraviglia il Bazzi indicando con l'indice il soffitto sopra il quale la Tripolina dorme sonni tranquilli.

Su, conferma lo Sbreccia.

Ma se la Tripolina non l'ha visto?, vorrebbe obiettare il Bazzi.

La Birce avanza due soli gettoni. La Sapienza Domestica le ha detto che secondo lei qualcosa non quadra. Anche sulla faccia di Bazzi Vinicio qualcosa non torna.

Cosa c'è?, chiede la Birce.

Il Bazzi ingolla la sambuca.
Ascolta, le dice.
L'odore della sambuca investe il viso della Birce mentre ascolta cosa ha da dirle il Bazzi Vinicio.

5.

Sono le undici e mezza passate. Facce mai viste quelle che compaiono agli occhi del dottor Caraffa quando apre la porta. Una è affilata con due tunnel nel naso. L'altra è una maschera composta: le rughe in fronte sono scuse per l'orario, le labbra stanno per parlare di soldi, pagherà il disturbo, gli occhi esprimono fermezza. Si qualificano, Bazzi Birce, moglie, Bazzi Vinicio, suocero.

Di chi?, chiede il dottore.

Ah già!

Prinivelli Augusto, chiarisce il Bazzi.

Il Caraffa era sobbalzato nel letto al sentire il campanello. È abituato alle chiamate notturne, ma col telefono. Raro il campanello. A meno che sia un vicino di casa.

Parla Bazzi Vinicio perché tra uomini. Si scusa per il disturbo, pagherà il dovuto, e dai!, ma vuole sapere cos'ha avuto il p.i., perito industriale, Augusto Prinivelli, quando, come, e dove, venuto su da Lecco per andare dalla sua zietta ma a quanto pare mai visto arrivare. Ne hanno diritto, essendo la moglie e il suocero.

Il Caraffa sopprime un sorriso. Vorrebbe dire, Sicuri di voler sapere che l'ha beccato nel letto di una, e che una!, benché ancora vestito perché probabilmente l'infartino l'ha avuto prima e non dopo?

Professionale invece.

Era in un condominio vicino alla stazione, primo piano sopra al bar Sport. Ha risposto alla chiamata di una donna, non ricorda il nome.

Giovane o vecchia?, chiede la Birce.
Giovane, giovane, risponde il Caraffa.
Giovane, e anche un po' spaventata.

6.

La Birce era rimasta lì anche dopo che il Caraffa aveva chiuso la porta.

Il Bazzi capiva, capito al volo. Il passatempo sul divano ce l'ha anche lui. Se mai dell'Augusto non l'avrebbe mai detto. Sfortunato. Ma anche scemo. Doveva proprio andare a pucciare il biscotto la sera in cui aveva promesso di schiodare la firmetta?

Dai andiamo, aveva detto dopo un paio di minuti.

Dove?, la Birce.

In ospedale a quell'ora di notte mica li avrebbero fatti entrare. Non restava che andare: A casa, aveva specificato il Bazzi.

Io vado da quella, aveva replicato la Birce.

Vuole sentirsi dire cosa ci faceva l'Augusto in casa sua.

È tardi, aveva obiettato il Bazzi. Non era il caso di fare scenate a quell'ora. E quello che le poteva dire adesso glielo avrebbe potuto dire anche il giorno dopo.

Adesso, aveva replicato la Birce.

Lei davanti, lui dietro.

Dammi retta Birce, domani, con calma.

Lei, sorda.

Va' che io vado, ti pianto qui, aveva allora minacciato il Bazzi.

Buon viaggio, aveva augurato la Birce.

Il Bazzi aveva preso per il viale della stazione, s'era appoggiato alla macchinetta del Filipucci, non se l'era sentita di dare corso alla minaccia, tornare a casa senza la

Birce, chi la sentiva poi la Sapienza Domestica? Ma due minuti nemmeno la Birce era lì.
Cosa c'è?, aveva chiesto.
Niente.
Solo che era lì per scegliere a che campanello suonare quando le era arrivato uno alle spalle.
Serve aiuto?
Fatti miei, aveva risposto la Birce sfiatando dal naso.
Ma lei chi è?, aveva chiesto l'Osvaldo Cremia che stava rientrando dal turno.
Chi è lei, aveva risposto la Birce.
Io abito qui, lei invece non mi pare.
Quindi cosa voleva a quell'ora?
Non sono affari suoi, aveva insistito la Birce.
Allora magari sono affari che interessano ai carabinieri?, lui.
Poi s'era messo a braccia conserte davanti al portone.
Sciò!, le aveva soffiato come un gattaccio.
La Birce l'aveva guardato, pensato che fosse inutile discutere con quell'energumeno, fare scene lì a quell'ora, svegliare qualcuno che poi magari i carabinieri arrivavano davvero.
Tanto a domani non mancava mica molto.

7.

Il Bazzi pensa al Gioiello che è rimasto lì, al buio, nel viale che porta alla stazione. Il doppione della chiave l'ha lasciato a casa, chi poteva immaginare. Verrà su domani col Filipucci. Che cielo che c'è, una luna che quasi non servono i fari.

Quando i due rientrano in casa è già venerdì 19 aprile, Sant'Ermogene martire, da un po'. La Sapienza Domestica non s'è nemmeno sognata di andare a letto. Vuole sapere tutto tutto, e per bene. Poi decide. Andrà su lei domani, anzi oggi, con la Birce a far fuori la questione con quella, senza perdere tempo, se non sbaglia c'è un treno alle otto.

Ma dai!, fa il Bazzi che si immagina le galline che si beccano nel pollaio.

Vuoi andare su tu?, si impenna la Sapienza Domestica.

Lui deve andare a recuperare il Gioiello. E poi è venerdì, c'ha certe cose da chiudere in ditta.

La Sapienza Domestica lo guarda senza parlare, caso mai volesse obiettare ancora qualcosa.

Il Bazzi tace. Calcola che se partirà alle sette col Filipucci alle otto il Gioiello sarà nel suo bel garage, poi filerà in ditta.

Alle sette è pronto a partire. Anche la Sapienza Domestica. Si salutano appena. Lui esce, lei va a vedere che notte ha passato la Birce.

8.

L'internista chiede che notte ha passato il Prinivelli. Il sole sta appena colorando la montagna di fronte, si vede ancora la luna, tramonterà poco dopo le nove.

L'infermiera di turno risponde che è stato parecchio agitato, ha dovuto dargli qualcosa per tenerlo tranquillo, dolori veri e propri però no, non c'è stato bisogno di chiamare il medico di guardia.

Bene così, concorda l'internista, più sta tranquillo più ha speranza di cavarsela. D'altronde col cuore non si scherza.

Così giovane..., sospira l'infermiera.

Cos'è, si è innamorata?, scherza il dottore.

Ma cosa dice!, fa lei arrossendo.

Facciamoci un caffè, va', propone lui. In attesa che arrivi il primario, sempre dopo le otto.

9.

Alle otto e un quarto il Gioiello è in garage. Che riposi un po' al riparo dopo la notte passata all'aperto. Bazzi Vinicio sale in casa in attesa del Filipucci che l'ha seguito con la sua macchinetta e lo porterà in ditta. Tornando a Lecco gli è venuto in mente che il giorno dopo è quello in cui l'impiegatina lo aiuta a fare i conti sul divano. Ma in casa, sul divano di sala, c'è la Sapienza Domestica. La guarda, lo guarda. Cosa c'è?, chiede poi il Bazzi. La Birce, fa lei. La Birce che cosa? Le cose no?, fa la Sapienza Domestica. Le sue cose di donna. Il campanello di casa suona, il Filipucci è giù che lo aspetta. Bazzi Vinicio dice che va, d'altronde lui non ci può fare niente alle cose di donne. Inoltre lì sotto casa è divieto di sosta, sarà meglio sbrigarsi.

10.

Prima lo chiama, meglio è, con tutto quello che hanno da fare i dottori, è il pensiero con il quale la Tripolina si è svegliata. Poi che deve ricordarsi di comprare la moka. Tra le sette e le otto ha composto il numero del dottor Caraffa due volte ma senza alzare la cornetta. Due prove generali, uno sguardo al biglietto che le ha lasciato l'Augusto, i numeri ripetuti ad alta voce, uno per uno. Poi alle otto, quando si decide, Gemma Imparati, tazzina fumante di caffè in mano, ha suonato alla porta di casa. Quasi un'abitudine. Ma quella mattina la Gemma ha un preciso motivo per farlo, capire se la Tripolina ha percepito qualcosa di quanto successo. Invece pare proprio di no. La Tripolina, O cara, o cara!, sembra anzi bella tranquilla. E allora, si chiede la Gemma, perché agitarla? Magari farà lei una scappata in ospedale, dopo chiuso il negozio, per vedere come sta l'Augusto. Ma converrà? Lei cosa c'entra? E poi in fondo l'Augusto una moglie ce l'ha, e tra moglie e marito... Sono tutti pensieri che passano nella testa di Gemma Imparati mentre la Tripolina succhia il caffè. Poi come sempre vorrà lavare e asciugare la tazzina prima di ridargliela. Invece no perché ha fretta di telefonare al Caraffa. La Gemma la prende e sorride per quel solito gesto mancato, d'altronde l'età. Saluta ed esce pensando a come sarà lei quando avrà ottant'anni, sempre che ci arrivi. E apre la profumeria puntuale come sempre.

11.

Mai sgarrato una volta, a parte quand'era giovane giovane. Ma poi sempre puntuali, precise. E odiose. Tanto più odiose perché la Birce sapeva che per certe sue amiche era come se neanche ci fossero. Invece da lei 'ste vigliacche volevano farsi pregare prima di liberarla annunciandosi con un peso sordo all'addome, l'emicrania, il fastidio per ogni tipo di luce, la nausea e il vomito, tenendola a letto per l'intera giornata. Ma almeno puntuali, precise, mai sgarrato di un giorno. Perché mai invece quella volta avevano anticipato di una settimana? La Sapienza Domestica non sa ma ipotizza. L'agitazione di quelle ultime ore. Il pensiero dell'Augusto in ospedale e non solo quello. Magari durante la notte ha preso anche un po' di freddo, chissà. E comunque indispettirsi come sta facendo la Birce non può che peggiorare le cose. Se va come al solito in ventiquattro ore sarà di nuovo bella pimpante e faranno domani quello che avrebbero dovuto fare oggi. Infine, per vedere come sta l'Augusto manderà su Bazzi Vinicio nel pomeriggio. Anzi, riflette la Sapienza Domestica, inutile che aspetti che torni per pranzo per dirglielo, meglio fargli subito un colpo di telefono in ditta. E alza la cornetta.

12.

L'ha appena alzata anche la Tripolina. L'indice è tremulo, trattiene il respiro, infine la voce. Il dottor Caraffa risponde come suo solito.

Dottor Caraffa, mi dica.
Dottor Caraffa?, la Tripolina quasi con meraviglia.
Se gliel'ho appena detto, risponde lui, ma ridendo.
Ha capito dalla voce polverosa, genuflessa, che di là c'è una vecchietta.
Mi dica signora.
La Tripolina si qualifica, un nome e cognome che abita sopra il bar Sport, primo piano.
Ma toh!, fa il Caraffa colpito dalla coincidenza.
Come dice?, chiede la Tripolina.
Niente, niente, ho capito, fa lui. Che succede?
Succede che se, quando ha un minuto di tempo e potesse passare da lei, avrebbe qualcosa da dirgli.
Ma è malata?, chiede il Caraffa.
No, risponde la Tripolina, non io.
Il Caraffa è paziente.
Magari qualcuno di casa?
Nemmeno, abita sola.
E allora?
La Tripolina sorride alla cornetta, cerca comprensione. Perché così, al telefono, la faccenda non è facile da spiegare. Bisogna proprio che gliene parli a quattr'occhi, quando appunto ha un minuto di tempo, senza urgenza, perché ha sempre sentito dire che lui ha tanta pazienza.

Poi, una volta che si sono parlati, visto che è tanto bravo capirà e vedrà cosa si può fare.

Il Caraffa non dice mai di no. Tuttavia se non c'è urgenza...

No, no, conferma la Tripolina.

...ecco, allora, vedrà di fare un salto sabato in mattinata, cioè domani specifica, tanto non ha ambulatori, va bene?

La Tripolina è soddisfatta di sé e fatti due passi per tornare in cucina si accorge di stringere ancora in mano la cornetta. Però c'è qualcosa che la ferma all'improvviso, un pensiero. Si concentra. Poi, ecco, il pensiero si svela. Minimo dovrà offrire un caffè al dottore. Quindi, ricordarsi di andare a comperare la moka.

13.

Bazzi Vinicio aveva fatto un po' di resistenza alla richiesta della Sapienza Domestica. Andare su oggi andare su domani cosa cambiava? Tra l'altro lui c'aveva il suo bel daffare lì in ditta. Ma la Sapienza Domestica gli aveva detto, Anche solo per farsi vedere che se no cosa vanno a pensare che lo lasciamo lì come se fosse il figlio di nessuno? E va be', aveva detto il Bazzi ma va su nel tempo del pranzo. Col Gioiello. Una volta arrivato in ospedale, chiede informazioni, vola al reparto di medicina, inquadra la camera numero otto e fa per entrare quando una voce da dietro, Cosa fa, fermo lì! Ma non lo vede il cartello con la scritta «Visite vietate»? Ma io sono il suocero, risponde il Bazzi. Era ora che qualcuno della famiglia si facesse vivo, risponde quella che poi è una suora col naso schiacciato dei pugili. E allora posso entrare?, chiede il Bazzi. Senza il permesso del professore no. Cos'è, ci vuole il passaporto?, scherza lui. Ma la suora pugile gli dice, Aspetti qui. Sì, che tanto io c'ho niente da fare, mormora il Bazzi. E così tra una balla e l'altra quando rientra in ditta sono le due passate da un po' e la Sgangherata gli dice che la signora ha già chiamato due volte per sapere se era in ufficio. Anzi tre, si corregge, per dirCI di chiamare lui non appena arriva.

Cos'è, s'è incendiata la casa?, parte il Bazzi nervoso. Ue'!, ribatte la Sapienza Domestica. Ue' niente, risponde il Bazzi, perché l'aveva detto che sarebbe stato meglio andare su il giorno dopo. Perché l'Augusto l'aveva visto sì e no, il professore gli aveva detto che aveva passato una notte agitata, doveva stare tranquillo, col cuore non si scherza, lo tenevano un po' addormentato, glielo aveva giusto fatto vedere dalla porta della camera, che era a letto, al buio, con gli occhi chiusi. Domani magari, aveva detto il professore. Quindi come aveva detto lui sarebbe stato meglio andare su il giorno dopo. E alla Birce cosa le dico?, chiede la Sapienza Domestica. Dille che sta benino, risponde il Bazzi. D'altronde, ue', come ha detto il professore bisogna avere pazienza, dare tempo al tempo. Poi dice che deve mettere giù perché alle tre c'ha un appuntamento. Si vedranno più tardi, a cena.

14.

Gemma Imparati ha pensato che è meglio non impicciarsi. All'ora di pranzo ha chiuso la profumeria, è andata a casa, ha mangiucchiato qualcosa, si è riposata un po', poi è uscita di nuovo. Sopra l'Osvaldo Cremia l'ha sentita arrivare. La moglie l'ha messo al corrente che ieri sera la Nuova Inquilina è salita per chiedere il numero di telefono del dottor Caraffa, magari sa cosa è successo? So un cazzo, risponde lui. Ma si risponde così a una moglie? Quando sente la Gemma uscire, 'Sto gran pezzo di troia!, sono le tre meno dieci e alle tre, puntualmente come sempre, la profumeria è aperta mentre la Tripolina si prepara a uscire perché stavolta non si è dimenticata della moka.

Per il bar Sport è un'ora un po' morta, gli Sbreccia tirano il fiato. La Tripolina, che l'ha un po' corto, fatica anche in discesa, meno male che la ferramenta è lì di fronte. Una nuvola oscura un po' il sole, le strisce pedonali le hanno appena rifatte ma c'è già un'impronta di scarpa passata quando ancora erano fresche. La Sbreccia, i gomiti puntati sul bancone, la guarda attraversare.

Chissà come sta il nipote, dice al marito, era lì anche lei la sera prima quando l'hanno portato via. Lo Sbreccia nemmeno risponde. La Tripolina sì, poco dopo quando, con la moka nuova di pacca, riattraversa la strada e sulla porta del bar Sport trova la Sbreccia che chiede notizie.

Come va suo nipote?

La Tripolina nemmeno si stupisce della domanda.

Bene, risponde.
Be', meno male, osserva la Sbreccia.
Già, fa la Tripolina stringendosi al cuore il pacchetto.
Cos'ha preso di bello?, chiede ancora la Sbreccia.
La Tripolina risponde.
Poi una volta in casa prende la moka, la mette sul fornello e sta lì un bel po' a guardarsela.

15.

La Sapienza Domestica ogni tanto va di là a vedere come sta la Birce. Un po' meglio, un po' meglio. 'Ste vigliacche stanno allentando la morsa e se va come al solito verso sera le arriveranno portandosi via dolore, gonfiore, emicrania e tutto il resto. Tant'è che la Birce riesce anche ad alzarsi e mettersi a tavola coi suoi per cena. Niente di che, un brodino per stare leggera e farsi un bel sonno che dopo una giornata così ne ha proprio bisogno. Domani, però... Ma sì, fa il Bazzi che ha capito. Prenda pure il Gioiello per andar su dall'Augusto ma lasci perdere le scenate che per quelle c'è sempre tempo. Lui farà una bella passeggiata fino alla ditta che tanto i conti che c'ha da fare mica scappano.

16.

La Gemma ha di nuovo dei dubbi, non sa cosa fare, colpa del crepuscolo che le mette sempre un po' di malinconia. Passare dalla Tripolina, dare un'occhiata, vedere come sta, se sa? Ha messo su l'acqua per farsi una pasta, non l'ha ancora salata quando è proprio la Tripolina che va da lei. Ha in mano il cartoccio dei gatti con dentro l'avanzo di riso e prezzemolo e il grasso di un paio di fette di prosciutto cotto. Le chiede se li può buttare lei dopo, quando i mici cominceranno a radunarsi lì sotto.

Se si preoccupa dei gatti vuol dire che ancora non sa, riflette la Gemma. Però com'è possibile che ancora nessuno le abbia detto niente, che razza di donna è la moglie del nipote... Ma la Tripolina le chiede scusa perché adesso deve proprio andare. È stanca, vuole dormire. Sono le sette e trenta.

Non si sente bene forse?, chiede la Gemma.

Ma no, è solo un po' stanca.

Sicura?

Sicura.

La Gemma le dice di non preoccuparsi dei gatti, ci penserà lei. La Tripolina, Che cara!, poi torna in casa, ma non si mette subito a letto. Si siede in cucina, rimira la moka ancora un po'.

17.

Dopo cena Bazzi Vinicio e la Sapienza Domestica si piazzano sul divano a guardare *Carosello*. Poi c'è una commedia che al Bazzi fa venire sonno quasi subito, tanto che alle nove e qualcosa dice che va a dormire. La Birce è già andata da un po', pochi minuti ed è volata nel mondo dei sogni e sogna. Non le capita molto spesso e quando succede poi non riesce mai a ricordare quello che ha sognato. C'è un altro che sogna ma a occhi aperti, è il Cremia che immagina di tornare finito il turno e di trovarsi la Gemma sulla porta di casa ad aspettarlo in vestaglia senza niente sotto. Ma è proprio solo sogno perché a mezzanotte e qualcosa è tutto buio, anche il bar Sport è già chiuso. Davanti alla porta della Gemma gli scappa il solito insulto, poi sale, entra in casa, si infila a letto, molla una scoreggia alla quale la moglie reagisce girandosi sul fianco e ficcando la testa sotto il cuscino. L'ha tenuta così tutta la notte. Anche la Birce c'ha la testa sotto il cuscino. Forse è per quello che crede di sognare un telefono che squilla. Invece è proprio quello di casa sua. Mancano pochi minuti alle nove di sabato 20 aprile, Santa Adalgisa vergine. Merce rara, pensa tra sé il Bazzi dopo aver dato un'occhiata al calendario e prima di bere il caffè. Non i santi, intende le vergini. Poi va a farsi la barba perché l'impiegatina del divano ha la pelle delicata.

Quel naso schiacciato che sembra da pugile è una conseguenza del parto. La suora se n'è fatta una ragione fin da ragazza, anche quando la prendevano in giro non se la prendeva. Da adulta ci ha scherzato su anche lei, anche lì in ospedale, con le infermiere, i dottori. Col professore. Non ha scherzato però quando verso le otto e trenta di sabato 20 aprile è andata a chiamarlo per avvisarlo che a suo giudizio nella camera numero otto le cose non vanno tanto bene. Il professore non le ha nemmeno risposto, si è mosso di scatto, conosce quella suora col naso da pugile, sa che ha un'esperienza di malati che nemmeno certi dottori.

Il sabato è il giorno di riposo per il dottor Caraffa e accidenti se gli piacerebbe dormire a usura. Ma da anni ormai è soggetto alla maledizione della sveglia biologica e alle sei, sei e mezza al massimo, tac!, gli occhi si spalancano su una macchia di umidità del soffitto che ha il vago profilo di un rene policistico. L'ha guardata per un po', si è alzato, ha pisciato, si è fatto un caffè, ha dato un'occhiata al tempo. È sereno. Ha annusato la piacevole aria che sa di lago. Si è sfregato le mani in previsione della bella giornata che lo attende. La sera prima la donna che frequenta da tempo, che abita in un paese sulla sponda opposta del lago e che non sposerà mai per la ragione che è già sposata, gli ha telefonato che il marito, rappresentante di commercio, starà fuori per l'intero fine settimana. Dopo aver cincischiato un po' in giro per casa ha guardato le ore, quasi le otto e mezza. Si è vestito di tutto punto, cravatta compresa, regalo di quella della sponda di là. Anche se di riposo il dottore è pur sempre il dottore.

18.

Si potevano contare sulle dita di una mano le volte in cui era entrato al bar Sport. Non c'è un motivo particolare, solo che quel locale è fuori dai suoi soliti giri. E poi non è che il dottor Caraffa sia un gran frequentatore di bar. Così quando è entrato perché gli è venuta voglia di bersi un secondo caffè, lo Sbreccia, che una volta era stato curato per una sciatica, lo ha accolto esclamando, Quale onore!

Il Caraffa ha sorriso, Dovere, ha risposto.

Deve andare su dalla Tripolina.

Abita qui sopra no?

Sì, primo piano. Ma cos'è, non sta bene anche lei?, ha chiesto quello.

No, che io sappia, ha osservato il dottore.

Mi pareva, ha commentato lo Sbreccia. L'aveva intravista giusto il giorno prima, di mattina, uscire per fare la spesa e addirittura anche nel pomeriggio per andare in ferramenta. Ottant'anni, arrivarci così!

La vita è un terno al lotto, ha commentato il Caraffa.

Tocchiamo ferro, va'!, ha esclamato lo Sbreccia.

19.

Alle otto la Tripolina era già in attesa del dottore. Aveva messo sul tavolo la tovaglietta delle occasioni, due tazzine col bordo dorato, la moka carica sul fornello. Poi s'era seduta a capotavola, di fronte alla portafinestra che dà sul cortile interno in attesa del suono del campanello. Aveva ripassato il discorso da fare riguardo alla Nuova Inquilina.

Una cara persona, vedesse!, premurosa, gentile ma nuova del posto e poi sola, che aveva qualcosa alla pancia. Bisognava sentirla quando quei dolori la prendevano e c'era poco da fare, aspettare, nient'altro. Certo il dottor Caraffa le avrebbe potuto dire che la cosa più semplice sarebbe stata che si facesse visitare, ma il problema era lì, poiché la Nuova Inquilina aveva affermato che tutti gli altri medici che l'avevano fatto avevano concluso che non c'era rimedio. Possibile?, avrebbe chiesto al Caraffa. A quel punto avrebbe lasciato spazio a ciò che il dottore pensava si potesse fare, come agire per affrontare la faccenda. Perché lo dicevano tutti che lui era un gran bravo dottore e con la gente aveva bei modi.

Niente male il caffè del bar Sport. Deposta la tazzina, ha tentato di pagare. No, lo Sbreccia, offro io. E il Caraffa sale al primo piano.

Suona una volta, due, tre, nessuno risponde. Tenta la maniglia, la porta è aperta.

Dalla soglia, Signora!

Silenzio.

Ripete, Signora.
Poi, Sono il dottore!
Ancora silenzio.
Entra allora, corridoio, cucina.
Il dottor Caraffa ha un déjà vu. La Tripolina è lì sulla sedia a capo del tavolo nella stessa identica posizione della povera Lisetta. Testa reclinata, bocca aperta.
Sono quasi le nove, il cielo è sgombro di nubi e l'aria appena frizzante.

20.

Non ha avuto dubbi il dottor Caraffa sull'accidente che ha steso la Tripolina, arresto cardiaco, nemmeno su chi chiamare, visto che appiccicato sul muro sopra il telefono un foglio riporta solo due numeri, enormi: il suo, e quello dell'Augusto. Gli ha risposto una voce femminile un po' roca, forse di sonno, forse di fumo. È stato pacato ma anche diretto com'è nel suo stile. Il grido con il quale la Birce entra è un taglio nel silenzio che regna in casa Bazzi e diventa un taglio vero sulla guancia di Bazzi Vinicio che spara un Vacca troia! e poi esce dal bagno con un pezzo di carta igienica sulla guancia per vedere cosa c'è da gridare così. Glielo dice la Sapienza Domestica cui l'ha appena detto la Birce che l'ha appena saputo dal dottor Caraffa.
È morta.
E adesso?, fa il Bazzi.
E adesso bisogna andare su, balbetta la Birce.

21.

Il dottor Caraffa le aveva detto che aspettava lì, aveva anche pensato di chiamare il Cassa da Morto, poi aveva lasciato perdere, meglio che se la sbrigasse la famiglia. Tanto cosa ci vuole a venir su da Lecco. Ha notato tazzine, tovaglietta e moka già pronte. Per lui, per chi altri se no? L'avrebbe preso quel terzo caffè subito dopo aver bevuto quello del bar? Inutile chiederselo, inutile anche stare lì a fissare la morta. Apre la portafinestra che dà sul cortile per cambiare un po' l'aria alla stanza, esce giusto in tempo per essere sfiorato dal mozzicone di sigaretta, la seconda della mattina, che il sarto Benassi lancia nel vuoto. Guarda in su, vorrebbe dire, Che modi sono!

Ma il sarto lo anticipa.

Dottore!

Il Caraffa lo conosce: Benassi, bronchite.

Come mai da 'ste parti?, chiede quello.

Il Caraffa risponde: La Tripolina, e agita in aria pollice e indice.

Tempo un minuto e Clementina Benassi è lì, già le lacrime agli occhi e una domanda precisa, Ma era malata?

Il dottor Caraffa non lo sa, non risponde, non saprà mai il motivo per cui gli voleva parlare.

Sono più o meno le nove e un quarto del mattino. La Birce è smorta, ci sta dopo la giornata che ha passato e la notizia con cui s'è svegliata.

Non vorrai mandarla su da sola?, butta lì la Sapienza Domestica rivolta al Bazzi. Ha due macchie bianche di crema sulle guance, gli occhi umidi di collirio.

Il Bazzi vorrebbe obiettare ma capisce che è inutile, in quelle cose lì un uomo ci vuole.

Va be', risponde, la carta igienica attaccata alla guancia. Tanto l'impiegatina arriva all'una, alle due, dipende.

Però guida lui. La Birce non ha niente in contrario, agitata com'è non se la sentirebbe proprio di mettersi al volante del Gioiello e nemmeno, nemmeno...

Nemmeno?, fa il Bazzi.

Ecco, non ha mai visto un morto, nemmeno il nonno ha voluto vedere, e solo all'idea... E allora se andasse su il Bazzi in casa della Tripolina e lei intanto in ospedale a vedere come sta l'Augusto?

22.

L'Augusto è sul montacarichi. L'aveva intuito la suora pugile, nella camera numero otto le cose non andavano mica tanto bene. Il professore non aveva messo in dubbio le sue parole, era corso a vedere. Sul montacarichi ci sono anche due infermieri che scendono insieme con l'Augusto il cui cuore non ha retto a un secondo attacco, mezz'ora di inutili tentativi ed è bello che andato. Il montacarichi è silenzioso e lento. Quando infine arriva al piano interrato dove si trova la camera mortuaria il Gioiello è quasi a Lierna e il Bazzi capisce al volo che qualcosa non va, non riesce a tenere bene la strada. La ruota, l'anteriore di destra, è bucata.

Ma porca puttana!

23.

Finché si tratta di vegliarli non ha problemi. Ma a toccare i morti non ce la fa proprio. Risponde così la Clementina quando il Caraffa le chiede una mano per spostare la Tripolina sul letto, prima che cominci a irrigidirsi.

Magari chiedere sopra, al Cremia. Di andare dai Middia, ammesso che capiscano, non se la sente, non hanno mai avuto rapporti. E poi, a pensarci bene, è meglio se va su il dottore da quell'Osvaldo che è un po' un mangiapreti, mica tanto di chiesa insomma e la guarda di storto perché lei invece sì.

Sì che cosa?, chiede il Caraffa.

Sì che sono di chiesa, risponde la Clementina.

E va be', andiamo su, si decide il Caraffa e al mangiapreti, in mutande, spiega perché ha bisogno. L'Osvaldo non fa una piega.

Tempo di mettermi i pantaloni, dice solamente.

E scendendo la scala, L'Augusto, il nipote, è stato avvisato?, chiede il Cremia.

Il Caraffa allora si ferma.

Augusto?, ripete. È il nome che c'è accanto al numero che ha appena chiamato.

Sì, conferma il Cremia, che abita a Lecco.

Che di cognome fa?

Prinivelli, suggerisce l'Osvaldo.

Ocristo!, sfugge al dottore e si ferma.

Cosa c'è?, chiede il Cremia.

Cosa c'è, cosa c'è, divaga il Caraffa senza aggiungere altro e riprendendo le scale.
La Clementina intanto ha acceso sotto la moka.

24.

E adesso cosa facciamo?, chiede la Birce.
Indovina, risponde il Bazzi incazzato. Cambierà la gomma.
E quanto ci vuole?, di nuovo la Birce.
Il Bazzi non sa chi lo tiene. Risponde che ci vuole il tempo che ci vuole, sarà più preciso quando avrà finito, se proprio lo vuole sapere. In vita sua non l'ha mai fatto. Alla fine è una bella mezz'ora, dieci minuti sono andati via per capire come montare il crick. Poi riparte ma dopo un chilometro si ferma.
Ma perché?, chiede la Birce.
Bisogna fare così per vedere se i bulloni tengono bene, abbaia il Bazzi. Ma non l'ha mica studiato quando ha fatto la teoria per la patente?
La Birce capisce che è meglio lasciarlo in pace, tacere, si rifugia nei suoi pensieri. E chissà come mai le ritorna in mente il cesso di casa della Tripolina, il tubetto di crema per le emorroidi. Chissà se le aveva la Tripolina oppure l'Augusto.

25.

Io no, risponde il dottor Caraffa.
Ma sì va', risponde invece l'Osvaldo.
La Clementina ha appena chiesto se qualcuno vuole un caffè. La Tripolina è sul suo letto, l'ha portata il Cremia, da solo, peserà trenta chili.
Vestita, ha commentato.
Il dottore guarda l'orologio, ormai sono le dieci. La Clementina dice che va via per poco, giusto per fare la spesa, se no suo marito. Sa com'è…, guardando il dottore. Il Caraffa non lo sa, sa solo che il Benassi ha la bronchite cronica. Però poi torna a vedere se hanno bisogno, aggiunge la Clementina. Una volta soli l'Osvaldo dice al Caraffa che se ha da fare starà lì lui ad aspettare l'Augusto, sono amici d'infanzia. Allora il Caraffa scuote la testa: gli spiega che quell'Augusto Prinivelli l'ha ricoverato due sere prima in ospedale per un infartino che l'ha beccato mentre era in casa di quella che abita proprio di fronte. Mica lo sapeva, nessuno gli aveva detto che è il nipote della morta. Se anche glielo avessero detto non sarebbe cambiato niente. Quindi non è lui che stanno aspettando, semmai la moglie se è lei che ha risposto al telefono. L'Osvaldo ci resta di merda, è senza parole. Quando, come. E con chi, gli aveva detto quel gran pezzo di troia! Si sente una roba dentro, l'Augusto, la mezzasega, preferito a lui, ma deve far finta di niente.
Be', arriverà, bofonchia tanto per dire qualcosa.
Spero bene, soffia il Caraffa.

Ma quanto ci vuole a venir su da Lecco?, si chiede mentre in quel momento il Gioiello passa davanti al caseggiato. Ha deciso così Bazzi Vinicio, porta prima la Birce in ospedale e poi va su dalla Tripolina. Che tanto non scappa visto che è morta.

Allora se sta qui lei, io vado, dice l'Osvaldo.

D'accordo, e grazie, risponde il Caraffa.

Ma il Cremia non sale su in casa, scende le scale, esce. Deve prendere aria, smaltire una rabbia, un nervoso che ha dentro se pensa all'Augusto con quella. Raggiunge la piazza e si mischia con quelli che sono lì a girellare senza sapere cosa fare del tempo che li separa dall'ora di pranzo. Chiacchierano e subito dimenticano quello che hanno detto e quello che hanno sentito. La Birce è appena entrata in reparto, percorre il corridoio cercando la camera numero otto che ha la porta aperta, il letto disfatto, il materasso ripiegato. In lontananza percepisce il suono di una sirena.

Lì in piazza è più chiaro. Finalmente qualcosa dà un senso a quel tempo di attesa. La sirena è quella che chiama a raccolta i volontari dei vigili del fuoco e si sostituisce alle parole inutili, a vagabondi pensieri. Perché c'è una regola: sette suoni incendio o qualcosa del genere in paese, dieci fuori. Si fermano tutti a contare, anche il Cremia: sono dieci. La Gnagnolina ha perso il conto dopo il quinto. Bazzi Vinicio ha parcheggiato al solito posto, nel viale che porta alla stazione. È salito in casa della Tripolina e prima ancora di salutare ha chiesto al Caraffa, Cos'è 'sta sirena? Il dottore invece di spiegare si è presentato, il Bazzi allora ha fatto lo stesso. Mia figlia è andata in ospedale a vedere come sta suo marito, ha spiegato. Insomma il nipote della povera Tripolina, specifica senza bisogno.

26.

Gemma Imparati è nella sua profumeria e sta sorridendo a una vecchia carampana che vuole a tutti i costi un rossetto rosso fuoco. I Middia stanno per cominciare a friggere. Il sarto Benassi ha chiesto alla moglie cos'ha intenzione di fare per pranzo. Il Cassa da Morto sta pensando che dovrà andare a beccare l'Augusto per fargli presente che il funerale della Lisetta non è stato ancora saldato. La figlia dell'ex messo comunale è filata al cesso perché qualunque sirena, vigili del fuoco o ambulanza, la mette in agitazione. L'Osvaldo è ancora in piazza dove più voci si chiedono cosa sarà successo. Gli Sbreccia del bar Sport manco hanno sentito la sirena, quella è un'ora di traffico intenso nel loro locale. Il dottor Caraffa ha spiegato al Bazzi che la povera Tripolina è morta senza soffrire, un arresto cardiaco e via, la morte migliore. Adesso tocca chiamare il Cassa da Morto per sistemarla e provvedere al funerale. La suora pugile ha appena accompagnato dal professore la Birce che era in giro per il corridoio a cacciare il naso nelle altre stanze per cercare l'Augusto visto che non l'ha trovato nella numero otto. Il professore l'ha fatta accomodare e le ha comunicato la brutta notizia: purtroppo non c'è stato niente da fare, un secondo attacco fatale ha stroncato la vita di suo marito tra le otto e trenta e le nove. Eravamo anche pronti a trasferirlo in un ospedale più attrezzato. Magari aveva una malformazione congenita, chissà. Mi dispiace, aggiunge sincero. Poi tace e la guarda, sa come certe parole impiegano tempo prima di giungere nella testa della gente e smettere di essere semplici suoni. Solo allora la gente capisce. Ognuno ha i suoi tempi. A volte ci vogliono ore. La Birce ancora non fa una parola, guarda fissamente il professore e basta. C'ha un pensiero in testa che non dovrebbe, ma c'è. È lei l'erede, il caseggiato è suo. Solo allora prende un fazzoletto dalla borsa, il professore pensa che è arrivato il momento della consapevolezza, le lacrime, sa che altre parole non servono, le dice solo, Resti pure seduta, poi si alza, la lascia sola nel suo studio. Sola col suo dolore, pensa chiudendosi la porta alle spalle.

27.

Poco più di un mormorio, e poi il cigolio della maniglia mentre si chiudeva la porta. Il professore e l'infermiera erano usciti, il Prinivelli aveva chiuso gli occhi. Non aveva più dolore, si sentiva stordito, confuso, immerso in una sorta di sonno dentro il quale i pensieri non dormivano ma giocavano tra di loro dandosi il cambio senza nessun ordine logico. Vedeva suo padre nella fotografia, in quel quadretto sempre storto appeso nell'angolo della cucina, si stortava sempre di più seguendo il movimento della sua testa che stava cadendo di lato. Il Prinivelli aveva sollevato le palpebre un istante, il buio della camera l'aveva sopraffatto portandolo al presente, allora aveva richiuso gli occhi sperando nell'oblio del sonno ma la mano senza anelli della Birce aveva cominciato a salutarlo, solo lei, solo la mano, nient'altro sulla soglia del suo ufficio alla Bazzi Vinicio-minuterie metalliche. Aveva cercato di ricomporla tutta intera, un pezzo per volta, ma la mano non voleva saperne, la mano, solo lei e quella voce che gli sussurrava all'orecchio. Ma era quella del Bazzi che gli diceva di badare alle viti che gli venivano bene, che al resto avrebbe pensato lui. Si era sentito mormorare Ma sì, ma sì, ormai era cosa fatta, se non avesse avuto quell'accidente adesso, ma che ore erano?, la faccenda della firmetta sarebbe stata ormai risolta, aveva promesso no? E poi via tutti quei morti di fame. Il Prinivelli aveva sorriso al pensiero, una fantasia glieli aveva mostrati incolonnati come profughi nel viale polveroso che portava alla stazione, ultimo della fila il Cremia col figlio cretino che continuava a chiedere dove stavano andando. Appena uscito da lì avrebbe ottenuto la firmetta dalla Tripolina, si sarebbe lasciato dietro sé tutto il passato, la firmetta avrebbe scacciato anche l'ombra dell'orfano. Solo con quella, adesso capiva, solo con la firmetta poteva cominciare una vita davvero nuova, e senza l'ombra dell'orfano a pedinarlo forse lui e la Birce avrebbero cambiato idea sul fatto di non avere figli. Nonno Vinicio e nonna Voluina, che ridere. E il nome? Che nome gli o le avrebbero dato? Eh, come correvano i pensieri, più veloci del tempo ma era meglio così, aveva pensato il Prinivelli, perché una volta fuori da lì, da quella camera, dall'ospedale, sapeva ormai come sarebbero andate le cose, la firmetta, la ritrovata pace domestica e poi sì, anche un figlio, era certo che la Birce si sarebbe convinta. E il nome, il nome... Aveva cominciato a pensare ai più belli, maschili e femminili, due colonne da riempire come fosse davanti a una lavagna, aveva scritto Rachele di là, Achille di qua, poi il gesso gli era caduto di mano ed era piombato in un sonno profondissimo.

EPILOGHI

I due funerali vengono celebrati assieme. Gli sfratti partono due settimane dopo. Sei mesi di tempo per liberare i locali.

Augusto Prinivelli 1931-1957. Riposa in pace nella cappella della famiglia Bazzi Vinicio presso il cimitero monumentale di Lecco.

La famiglia Benassi si è trasferita presso la parrocchia del figlio forforone. Clementina svolge le funzioni di perpetua. Il sarto è perlopiù sfaccendato e quando vuole fumare deve farlo al di fuori delle mura della canonica.

I due Sbreccia non hanno fatto una piega, da tempo meditavano un salto di qualità. Si sono trasferiti a Lecco dove hanno aperto un bar, bar Manzoni, con annessa tabaccheria e pure ricevitoria del lotto.

I Middia sono spariti all'improvviso così come sono arrivati. Voci li vogliono ritornati in Sicilia. Ben pochi però si sono accorti di loro, sia quando sono arrivati sia quando sono scomparsi.

Il Cremia, dopo letta la lettera di sfratto, ha detto, La vedremo! Ha chiesto aiuto al sindacato che gli ha spiegato che senza un contratto di locazione, mai fatto, non può proprio fare niente. Si è arreso. E si è dimesso dal sindacato. Ha fatto domanda per avere un appartamento nella casa del cotonificio. Ci è entrato verso la fine di ottobre con la moglie incinta del secondo figlio.

L'ex messo comunale non ha potuto fare altro che rivolgersi a Francesco Ziruddu liceo classico che gli ha proposto i due localini più un cessetto sopra il negozio del pizzicagnolo. Ci stanno un po' stretti ma d'altronde con la pensione che ha e la figlia a carico non può permettersi altro. Le frequenze delle scappate in bagno della figlia sono immutate.

Al Cassa da Morto è rimasto sul gobbo il funerale della Lisetta, nessuno l'ha mai saldato. A quelli del Prinivelli e della Tripolina ha pensato la famiglia Bazzi. Visto che erano due Bazzi Vinicio ha chiesto lo sconto, ma il Cassa da Morto non ha mollato.

La Tripolina è finita in terra di fianco alla Lisetta. Così finalmente qualcuno recita una preghiera anche per lei perché fino a quel momento nessuno. È Gemma Imparati che una settimana dopo il funerale è salita al cimitero a portare fiori freschi sulla tomba della Tripolina. Così si è accorta della vicinanza delle due, nella vita come nella morte.

Di preghiere la Gemma sa giusto l'*Eterno riposo dona a loro o Signore,* che finisce subito. Così sta lì ancora qualche minuto a raccontare qualcosa della sua vita. Una volta le è venuto anche da ridere quando ha chiesto scusa alla Tripolina per la bugia che le aveva raccontato sui suoi mal di pancia. D'altronde s'era un po' vergognata di dirle la verità. Però adesso non c'è più motivo di mentire, anzi magari lo sa già. E poi non si deve più preoccupare che qualcuno la possa sentire, le dice una domenica verso la fine di ottobre. Gli affari le vanno bene e in banca, il tempo di una firmetta e via, le hanno fatto un prestito per acquistare un bell'appartamento in centro paese, palazzo signorile, roba antica, muri spessi che nemmeno i suoi gemiti riuscirebbero ad attraversare quando il direttore la viene a trovare. E già, perché è proprio il direttore della banca che le ha concesso il prestito l'uomo che adesso frequenta. Cinquantenne, vedovo, non abita in paese.

Anche lui, come gli altri, si è spaventato un po' la prima volta.

I personaggi di *Cosa è mai una firmetta*

Bazzi Birce, figlia di Bazzi Vinicio e di Voluina, moglie di Augusto Prinivelli, al posto del naso ha un becco deviato a sinistra con due bei fori

Bazzi Vinicio, titolare della Bazzi Vinicio-minuterie metalliche di Lecco, marito di Voluina e padre di Birce, proprietario di una Alfa Romeo Giulietta da lui denominata Gioiello

Bazzi Voluina, detta Sapienza Domestica, moglie di Bazzi Vinicio e madre di Birce, generosa dispensatrice di consigli, richiesti e no

Benassi Gastone, sarto con laboratorio in casa, forte fumatore, vive con la moglie Clementina all'ultimo piano del caseggiato di proprietà di Tripolina Carezza in Giulini

Braccino, colichese con una gamba di legno proprietario di un mototriciclo Benelli 500 M36

Caliò Censorio, rappresentante di commercio, originario calabrese, vive e lavora a Inverigo ed è responsabile della perdita della verginità di Bazzi Birce

Caraffa, medico condotto di Bellano, quarantenne, scapolo, gentile, non fuma, non beve, ogni tanto va in chiesa... e ha una storia con una della sponda di là

Carezza Tripolina in Giulini, zia ottantenne di Augusto Prinivelli, proprietaria di un caseggiato sito all'imbocco della strada per la Valsassina a Bellano, nel quale risiede al primo piano

Carta Giovanni, geometra, scapolo, soprannominato Cartina dai colleghi e Campari dagli amici

Cassa da Morto, titolare delle pompe funebri di Bellano

Corti Sigismondo, ex messo comunale, vive con la figlia sposata – ma del cui marito si sono perse le tracce – all'ultimo piano del caseggiato di proprietà di Tripolina Carezza in Giulini

Cremia Gabriele, figlio di Osvaldo e Balbina Cremia, passa il tempo a disegnare indiani sui muri di casa

Cremia Osvaldo, operaio del cotonificio di Bellano, compagno di scuola, oratorio, comunione, cresima e visita di naja di Augusto Prinivelli, vive con la moglie Balbina e il figlio Gabriele al secondo piano del caseggiato di proprietà di Tripolina Carezza in Giulini

Fasanello Valerio, ragioniere di Colico, barbetta rada e un po' di saliva rappresa agli angoli delle labbra

Filipucci Magnete, ragioniere presso la Bazzi Vinicio-minuterie metalliche di Lecco, disposto a qualunque cosa pur di compiacere il suo datore di lavoro

Giulini Ercole, defunto marito di Tripolina e titolare di una piccola impresa edile a Bellano

Gnagnolina, edicolante di Bellano, così soprannominata per via del suo modo un po' strano di parlare. Di gnagnolare, insomma

Imparati Gemma in Pezzetti, trentotto anni ben portati. Molto ben portati. Vedova di Armando Pezzetti, dopo la morte del marito realizza un suo vecchio sogno e diventa proprietaria di una profumeria a Bellano

Limbiati, sindaco di Bellano quando era in attività il messo Sigismondo Corti, dal quale ha ricevuto una piccata risposta dopo averlo chiamato con il diminutivo di Mondo

Mascheroni, detto Masèt, colichese, accanito fungaiolo

Middia Cecilia, casalinga, moglie di Salvatore Middia e madre di Gesualdo, con il resto della famiglia frigge impestando le scale condominiali e fa la salsa di pomodoro in casa intasando i tubi di scarico con le bucce

Middia Gesualdo, figlio di Salvatore e Cecilia Middia

Middia Salvatore, manovale delle ferrovie, vive con la moglie Cecilia e il figlio Gesualdo al secondo piano del caseggiato di proprietà di Tripolina Carezza in Giulini

Mingazzi Avalena, detta Sgangherata, segretaria di Bazzi Vinicio presso la Bazzi Vinicio-minuterie metalliche di Lecco

Perbuoni Lisetta, dirimpettaia

di Tripolina e sua coetanea, chiude ogni giornata gettando gli avanzi dei pasti ai gatti, operazione alla quale si unisce Tripolina dopo il trasferimento del nipote Augusto a Lecco

Pergamo Fabio, figlio di albergatore, viveva a Saronno ed era fidanzato con Bazzi Birce prima di schiantarsi fatalmente in moto contro il muso di un pullman carico di turisti

Pezzetti Armando, proprietario di una ferramenta a Colico e marito di Gemma Imparati finché non precipita in una valle seguendo la sua indomita passione per la raccolta di funghi

Prinivelli Augusto, perito industriale presso la Bazzi Vinicio-minuterie metalliche di Lecco, orfano di entrambi i genitori viene adottato dalla zia materna Tripolina e dal di lei marito, vive a Bellano fino al suo matrimonio con Bazzi Birce e poi si trasferisce a Lecco

Sbreccia, coniugi titolari del bar Sport sito al piano terra del caseggiato di proprietà di Tripolina Carezza in Giulini, vivono fuori Bellano, fumano come turchi e non hanno tempo da perdere. Domenica o non domenica, la saracinesca del bar si alza alle cinque spaccate

Schiavo Clementina in Benassi, moglie del sarto Gastone, donna di chiesa e madre di un figlio prete che produce una gran quantità di forfora e somiglia tutto a lei

Spazzolini Eugenio, bellanese, conducente di auto pubblica, miope e refrattario agli occhiali

Stazzone, membro del consiglio di fabbrica del cotonificio di Bellano

Torsolotti Balbina in Cremia, operaia del cotonificio di Bellano, moglie di Osvaldo Cremia e madre di Gabriele

Ziruddu Francesco, detto Salamandra, è responsabile dell'ufficio di collocamento di Bellano e aggancio del ragionier Fasanello data la sua propensione a combinare affarucci

Finito di stampare nel mese di dicembre 2022
da Grafica Veneta s.p.a., Trebaseleghe (PD)

Questo libro è stampato col sole

Azienda carbon-free